피가로의 결혼

ⓒ 도서출판 b, 2020

피가로의 결혼

초판 1쇄 발행 2020년 8월 25일

지은이 피에르-오귀스탱 카롱 드 보마르셰 | **옮긴이** 이선화 | **펴낸이** 조기조
펴낸곳 도서출판 b | **등록** 2006년 7월 3일 제2006-000054호
주소 08772 서울특별시 관악구 난곡로 288 남진빌딩 302호
전화 02-6293-7070(대) | **팩시밀리** 02-6293-8080
홈페이지 b-book.co.kr / **이메일** bbooks@naver.com

ISBN 979-11-89898-32-8 03860
값 13,000원

피가로의 결혼

피에르-오귀스탱 카롱 드 보마르셰 지음

이선화 옮김

도서출판 b

| 일러두기 |

1. 이 책은 번역의 저본으로 Beaumarchais, *Le Mariage de Figaro*, Édition de Pierre Larthomas, «Folio classique», Gallimard, 1999를 사용했다.
2. 아무 표기가 없는 각주는 편집자 피에르 라르토마의 주이고, 번역이나 설명이 필요한 경우에는 [역주]로 표기했다.

광란의 하루 혹은 피가로의 결혼

5막의 산문 희극

광란의 하루 혹은 피가로의 결혼

LA FOLLE JOURNÉE OU LE MARIAGE DE FIGARO

등장인물

알마비바 백작 안달루시아 지방의 대법관

백작부인 알마비바 백작의 부인

피가로 백작의 하인 겸 저택의 집사

쉬잔 백작부인의 하녀장이자 피가로의 약혼녀

마르슬린 살림 담당 여집사, 여자가정교사

앙토니오 저택의 정원사, 쉬잔의 삼촌이자 팡셰트의 아버지

팡셰트 앙토니오의 딸

셰뤼뱅 백작의 시동

바르톨로 세비야의 의사

바질 백작부인의 하프시코드 선생

동 귀스망[1] 브리두와종 백작의 재판 보좌관

두블르맹 서기, 귀스망의 비서

그립 솔레이유 어린 양치기

• •

1_ 이 이름은 보마르셰와 지난한 법정투쟁을 벌인 판사인 괴즈망의
　이름을 연상시킨다.

젊은 양치기 여자

페드리유 백작의 마구간지기

하인들

여자 농사꾼 무리

남자 농사꾼 무리

무대는 세비야에서 12Km 떨어져 있는 아구아스-프레스카스[2] 저택을 보여준다.

<hr />

2_ 아마도 보마르셰가 1764년 마드리드에서 자신의 아버지에게 쓴 편지 속에서 언급된 리오프리오 왕궁을 일컫는 것으로 보인다.

배우들의 위치

　　각 장에 명시된 이름은 무대 연기의 편의를 위해 등장인물들이 무대 위로 등장하는 순서대로 표기했다. 인물이 무대 안에서 비중 있는 연기를 할 때는 새로운 순서로 표기되고, 막 도착한 경우에는 맨 뒤에 표기했다. 연극에서 바람직한 관례는 고수되어야 한다. 초연 배우들이 확립해 놓은 전통을 소홀히 하면 극이 연기되는 방식에 혼란을 초래하고, 노련하지 못한 배우들의 경우는 아마추어 배우들로 전락할 위험이 있기 때문이다.

등장인물의 성격과 의상

알마비바 백작 고상하면서도 품위 있고 자유분방하게 연기되어야 한다. 방탕한 면이 있기는 해도 예의범절만큼은 나무랄 데 없다는 점을 간과해서는 안 된다. 당대의 풍속에서 대 귀족들은 온갖 꾀임으로 여성을 희롱하면서도 예를 갖춰 깍듯이 대했다. 백작은 늘 당하는 역할이기 때문에 연기를 잘 해내기가 매우 어려운 역이다. 그러나 노련한 배우가 연기하게 되면(몰레 씨처럼),[3] 다른 역할들을 돋보이게 하고, 극의 성공을 보장해주는 역할이기도 하다. 1막과 2막에서 알마비바는 옛 스페인 스타일의 반장화에 사냥복 차림을 하고 등장한다. 3막부터는 끝까지 동일한 스타일의 화려한 의상을 계속 착용한다.

백작부인 양극단의 감정을 오가는 인물로, 감정을 자제하고 분노를 억누르는 모습을 보여주어야 한다. 관객이 보기에 사랑스러우면서도 덕성 깊은 면모를 해치는 무엇도

• •
3_ 코메디-프랑세즈 극단의 배우.

엿보여서는 안 된다. 극중 가장 어려운 역할 가운데 하나
인데도, 코메디 프랑세즈 극단의 막내인 생–발 양의
빼어난 연기가 이 역할을 돋보이게 했다. 1막과 2막,
4막에서 그녀는 편안한 실내 가운 차림에, 머리에는 아무
장식 없이 등장한다. 그녀는 자신의 처소에 있으면서도,
어딘지 편치 않은 모습이다. 5막에서는 쉬잔의 의상과
올림머리를 하고 등장한다.

피가로 코메디–프랑세즈의 단원인 다쟁쿠르 씨의 연기처럼,
이 역할을 맡은 배우에게 피가로라는 인물의 감정선과
정신에 몰입하라고 권해서는 안 된다. 명랑함과 재치로
무장한 이성 이외에 다른 어떤 것이 엿보이면, 특히 진지
함이 조금이라도 보태지면, 이 역할의 진가는 약화될
우려가 있다. 코메디 프랑세즈 극단의 수석 희극배우인
프레빌 씨의 견해에 따르면, 이 역할은 배우의 재능을
끌어내어 역할이 품은 다양한 뉘앙스를 보여주고, 배우
가 그것을 자신의 전반적인 연기철학으로 발전시키게끔
하는 역할이다. 피가로의 의상은 『세비야의 이발사』에
서의 의상과 동일하다.

쉬잔 영리하고, 재기발랄하고, 생글생글 잘 웃는 배역이지만
그렇다고 엉큼한 하녀들한테서 곧잘 나타나는 뻔뻔스런
명랑함의 소유자는 아니다. 1, 2, 3, 4막에서 그녀의 의상

은 바스크 지방 스타일의 매우 우아한 하얀색의 시골 아낙네의 블라우스와 같은 스타일의 치마, 그리고 챙 없는 모자이다. 이 모자는 차후에 장사치들에 의해 '쉬잔 스타일'이라는 별칭을 얻기도 했다. 4막의 혼례잔치 장면에서는 백작이 그녀에게 길쭉한 깃털과 하얀 리본이 달린 베일 모자를 머리 위에 씌워준다. 5막에서는 여주인의 긴 드레스 가운을 입고 머리에는 아무 장식 없이 등장한다.

마르슬린 사리에 밝은 여성으로 천성적으로 활달한 성격이었으나, 한때 과오와 풍상을 겪으면서 성격이 변해버린 인물이다. 배우는 3막의 모자 관계가 밝혀지는 장면 뒷부분부터 매우 도덕적인 어조로 위엄 있게 연기해야 한다. 작품에 재미를 선사하는 인물이다. 스페인 유모처럼 수수한 색깔의 의상을 입고, 머리에는 검은색 보닛 모자를 쓰고 등장한다.

앙토니오 반쯤 거나하게 취한 모습으로 등장해서, 서서히 취기가 사라지는 모습을 보여준다. 5막에 이르면 취기는 거의 감지되지 않는다. 그는 소매가 뒤쪽에 달린 스페인 농부 차림에 흰색 모자와 백구두를 착용하고 있다.

팡셰트 열두 살가량의 순진한 소녀이다. 그녀는 리본줄과 은단추가 달린 블라우스에 화려한 색깔의 치마를 입고,

머리에는 깃털달린 검은색 챙 없는 모자를 쓰고 나온다.
이 의상은 결혼식에서 다른 농부 아낙네들의 의상이기도
하다.

셰뤼뱅 이 역할은 예전과 마찬가지로 젊고 아리따운 여성이
연기해야 한다. 우리 연극계에는 이 역할이 품은 섬세한
감정을 표현할 수 있는 연기력 뛰어난 젊은 남성 단원이
없기 때문이다. 백작부인 앞에서는 과하다 싶을 정도로
수줍으면서도, 다른 곳에서는 매력 넘치는 호색한의 면
모를 보이기도 하고, 불안정하고 모호한 욕망이 그의
성격의 근간을 이룬다. 막 사춘기에 접어들어, 앞뒤 생각
없이 아무것도 모르는 채 모든 사건에 휘말리는 인물이
다. 그는 속을 썩이기는 하지만 어머니들이 마음속으로
자기 아들이었으면 하고 바라는 인물상이다. 1막과 2막
에서의 그의 화려한 의상은 스페인 궁정의 전형적인 하인
복장으로 은실로 수놓인 하얀색 복장이다. 어깨 위에는
파란색 가벼운 망토를 걸치고, 깃털 달린 모자를 쓰고
있다. 4막에서는 젊은 농부 아낙네의 코르셋과 치마, 챙
없는 모자를 쓰고 등장한다. 5막에서는 장교 제복에 모표
달린 모자를 쓰고, 검을 차고 등장한다.

바르톨로 『세비야의 이발사』에서와 동일한 성격과 의상. 여기
서는 조연에 불과하다.

바질 『세비야의 이발사』에서와 동일한 성격과 의상. 그도 여기서 조연에 불과하다.

브리두와종 수줍음을 모르는 얼간이들 특유의 착하고 순박한 자신감을 보여주어야 한다. 그의 말더듬증은 그의 특징 가운데 하나일 뿐으로, 느껴질 듯 말 듯해야 한다. 이 역을 맡은 배우가 매력적으로 보이려고 한다면 완전히 잘못 해석해서 반대로 연기할 위험이 있다. 그는 신분상 의 위엄과 우스꽝스러운 성격 사이의 대비를 보여주어야 한다. 그렇다고 배우가 우스꽝스러움만을 보여주는 것도 역할의 성격을 잘못 해석한 것이다. 그는 우리 검사들의 의상보다는 품이 꽉 끼는 스페인 판사의 법복을 입고 등장한다. 풍성한 가발, 스페인 식 칼라 혹은 목에 스페인 식 주름 장식, 손에는 흰색의 길쭉한 의사봉을 들고 있다.

두블르맹 판사처럼 차려 입고 등장한다. 다소 짤막한 흰색 의사봉.

집행관 혹은 알구아질 제복에 망토를 두르고, 크리스팽⁴의 검을 차고 있다. 하지만 가죽 허리띠 없이 옆구리에 차고 있다. 반장화 대신에 검은색 신발, 굽실굽실한 백발의 긴 가발, 흰색의 짧은 막대기.

••
4_ 코메디-이탈리엔 극에서 기다란 검을 차고 나오는 하인.

그립-솔레이유 농부 의상. 늘어져 있는 소맷부리, 화려한 색깔의 저고리, 하얀색 모자.

페드리유 저고리, 조끼, 허리띠, 채찍, 승마장화, 머리 위에는 망사를 두르고, 우편배달부 모자.

무언의 등장인물들 판사 복장을 한 이들도 있고, 농부 복장을 한 이들도 있고, 하인 복장을 한 이들도 있다.

제1막

무대는 반쯤 비어 있는 방을 보여 준다. 큼지막한 환자용 소파가 무대 중앙에 놓여 있다. 피가로는 자를 가지고 바닥 폭의 치수를 잰다. 쉬잔은 거울 앞에서 일명 '신부의 모자'라 불리는 오렌지 꽃으로 장식된 작은 화관을 머리에 대어본다.

1장
피가로, 쉬잔

피가로　26자에 19자라.

쉬잔　이봐, 피가로, 내 혼례모를 좀 봐줘. 이렇게 하는 게 더 낫지 않아?

피가로　(그녀의 손을 잡고) 우리 매력덩어리를 어디다 비할까. 결혼식 날 아침, 사랑에 풍덩 빠진 신랑의 눈에 아름다운 신부의 머리 위에 놓인 부케보다 더 달콤한 게 있을라고.

쉬잔　(뒤로 물러서며) 그건 그렇고, 거기서 뭘 재고 있는데?

피가로　나리께서 우리한테 하사하신 멋들어진 침대가 이곳에 어울릴지 살피는 중이야.

쉬잔　이 방에?

피가로　글쎄 이 방을 내어주시겠다네.

쉬잔　난 영 내키지 않는데.

피가로　어째서?

쉬잔　난 안 내켜.

피가로　그러니까 그 이유가 뭐냐고?

쉬잔　맘에 안 들어.

피가로　이유를 말해줘야지.

쉬잔　말하고 싶지 않다면?

피가로   여자들은 우리를 이겨먹으려 할 때면 꼭 저런다니까!

쉬잔   내가 옳다는 걸 증명하는 자체가 내가 틀렸을 수도 있다는 걸 인정하는 거나 마찬가지니까 그렇지. 내 머슴이 되겠다고 할 땐 언제고, 아니야?

피가로   저택 안에서 제일 편리한 방을 두고 당신이 꼬투리를 잡고 있잖아. 나리 처소와 마님 처소 사이에 있으니, 한밤중에 마님이 불편하셔서 벨을 누르셔도 두 걸음이면 제꺼덕이고. 나리께서 뭘 시키려 종을 울리셔도 짜잔하고, 세 걸음이면 대령할 수 있고.

쉬잔   그건 그렇지만! 반대로 나리께서 아침에 당신을 멀리 심부름 보내버리고 두 걸음이면 제꺼덕 내 방문 앞에 나타날 수 있지 않겠어, 세 걸음에 짜잔 하고 말이야!

피가로   도대체 무슨 말을 하고 싶은 건데?

쉬잔   내 말 좀 차분히 들어보라고.

피가로   젠장! 무슨 일이 있는 거야?

쉬잔   알마비바 백작님은 이제 이 근방 예쁜 처녀들한테 수작거는 데도 싫증이 났는지 도성 안으로 관심을 돌리려는 것 같단 말이지. 그런데 문제는 그 관심이 자기 부인이 아니라, 당신 약혼녀를 향하고 있다는 거야, 알아들어? 그러니 이 방이야말로 안성맞춤 아니겠어? 바질이 수업하러 와서 나한테 주구장창 해대는 소리가 바로 그거라

구, 나리의 쾌락을 담당하는 충직한 뚜쟁이자 고명하

신 노래 선생께서 말이야.

피가로 바질이! 능구렁이 같으니라고! 흠씬 두들겨 패서 정신

좀 차리게 해야겠는걸 ….

쉬잔 이 순진한 사람아, 나리가 주신다는 지참금이 뭐 당신

공로에 대한 포상이라도 되는 줄 알았어?

피가로 그럴 만하니까, 기대도 한 거지.[5]

쉬잔 소위 똑똑하다고 하는 사람들이 헛똑똑이인 경우가

많다니까!

피가로 그렇다고들 하더라고.

쉬잔 사람들은 그런 줄도 모르고.

피가로 그래 사람들이 틀릴 때도 있는 거 아니겠어.

쉬잔 나리는 지참금을 미끼로 은밀히 나랑 단둘이 얼마간

시간을 보낼 속셈이라고. 영주의 옛 권리라나 뭐라나[6]

…. 당신도 그게 얼마나 기함할 일인지는 알지!

피가로 알고말고. 백작님 당신이 결혼하면서 그 지랄 맞은

- - -

5_ 『세비야의 이발사』에서 백작의 결혼을 성사시키기 위해 피가로가
발휘한 전략들을 가리키는 첫 번째 암시.

6_ 초야권을 일컬음. 이에 관한 주제로 볼테르가 1762년에 『영수의
권리』라는 제목의 희극을 집필한 바 있다. 1783년에는 데스퐁텐느도
작품을 발표했는데 당시에는 이 주제가 유행이었다.

권리를 폐기하지 않았다면, 내가 백작님 영지에서 당신과 결혼할 엄두를 낼 수나 있었겠어.

쉬잔 그러게 말이야! 그런데 나리를 보니까 없앤 걸 후회하는 눈치야. 오늘 당신 약혼녀를 시작으로 은근슬쩍 그 권리를 되사려는 거 같다니까.

피가로 (머리를 긁적거리며) 기절초풍해서 내 대갈통이 흐물흐물해질 지경이군. 반들반들한 내 이마가….

쉬잔 그렇게 비벼대지 마!

피가로 뭐 문제 있어?

쉬잔 (웃으면서) 뾰루지라도 생겨봐…. 미신 믿는 사람들 말로는….

피가로 당신 웃어? 장난꾸러기 같으니! 아! 귀하신 호색한을 족쳐서 덫을 놓아 금붙이를 울궈낼 방법이 없을까!

쉬잔 계책이니 돈이니 하는 것들이야 당신 소관이잖아!

피가로 창피해서 머뭇거리는 게 아니야.

쉬잔 그럼 무서워서?

피가로 아무리 위험하다 해도 일을 꾸미는 건 별거 아냐. 그걸 요리조리 잘 유도해서 위기를 피하는 게 문제지. 한밤중에 남의 집에 들어가서 그 집 부인을 후리고 그 벌로 수백 대 몽둥이 맞는 거, 그 정도는 식은 죽 먹기지. 어떤 멍청이도 할 수 있는 일이라고. 하지만….

(안쪽에서 벨소리가 들린다.)

쉬잔   마님이 깨셨나봐. 결혼식 당일 아침에 나랑 제일 먼저 애기하고 싶다셨거든.

피가로   그렇게 해야 할 이유라도 있는 거야?

쉬잔   목동 말로는 그렇게 하면 버림받은 부인한테 행복이 다시 찾아온다나 뭐라나. 가봐야겠어. 피, 피, 피가로. 우리 문제나 잘 살피시라고요.

피가로   그럼 정신 들게 가볍게 키스나 해주든가.

쉬잔   오늘까지는 연인한테 하는 거다 이거지? 나도 바라는 바야! 내일엔 우리 남편이 뭐라 말하시려나?

(피가로가 그녀에게 입 맞춘다.)

쉬잔   아이 참!

피가로   당신은 내가 얼마나 당신을 사랑하는지 몰라.

쉬잔   (옷의 주름을 펴면서) 성가신 사람, 아침부터 밤까지 줄창 해대는 그 사령타령은 언제쯤 그만 할 건데?

피가로   (야릇한 표정으로) 밤부터 아침까지 당신한테 내가 그걸 증명해 보일 수 있을 때 쯤.

(벨소리가 다시 들린다.)

쉬잔   (멀어져가며 입가에 손가락을 대면서) 므슈, 키스를 돌려 드리지요. 디는 딩신께 드릴 게 없답니다.

피가로   (그녀 뒤를 쫓아가며) 당신이 받은 게 그것만은 아니었을 텐데 ….

2장
피가로

피가로 (홀로) 매력덩어리야! 언제나 생글거리는 얼굴에, 풋풋
하고, 명랑하고, 재치 넘치고, 다정다감하고, 나긋나긋하
고! 그러면서도 지혜롭고! …. (그는 손을 비비면서 경쾌하게
걷는다.) 아! 주인나리! 존경하옵는 주인나리! 당신이 쉬잔
을 저한테 주시려는 게…, 당신 곁에 두기 위해서란 말인
가요? 저를 집사로 임명하고 대사 발령지로 데려가서
통신원으로 삼으려는 이유가 자못 궁금했었는데. 백작
님, 이제야 알아먹겠습니다. 일거삼득이다 이거로군요.
나리는 장관직을 수행하시고, 저는 뒤치다꺼리하는 심부
름꾼 노릇하고, 쉬종은[7] 현지처, 휴대용 대사부인 노릇이
라. 내가 한쪽에서 죽어라 구보로 달리는 동안, 나리는
다른 한쪽에서 내 여자와 재미를 보시겠다! 내가 당신
가문의 명예를 위해 진흙탕 속을 뒹굴며, 등골 **빠지게**

7_ [역주] 쉬종은 쉬잔의 애칭.

일하고 있을 때, 당신은 내 여자의 기량을 키우는 데 집중하시겠다고요! 정말이지 더할 나위 없는 상부상조로군요. 하지만 나리, 이건 해도 너무한 거죠. 런던까지 가서 주인님 일과 하인 놈의 일을 동시에 하시겠다니요! 외국의 궁에까지 가서 국왕 폐하와 저를 위해 일을 하시겠다니, 그건 도를 넘어선 거지요, 너무하신 거라고요. 그리고 바질! 이 사기꾼 놈! 꾀를 쓰는 게 어떤 건지 제대로 보여주마! 아니, 제 꾀에 제가 넘어가게 그치들한테는 숨겨야겠다. 피가로 양반, 오늘 하루 동안 정신 바짝 차려야겠어. 우선 확실하게 결혼할 수 있게 예식 시간을 앞당겨야겠군. 나 좋다고 덤벼드는 마르슬린은 멀찌감치 떼어 놓고 말이야. 금붙이랑 선물은 손에 넣고, 백작 나리의 열정은 주저앉히고, 바질이란 작자는 흠씬 두들겨 패주고.

3장
마르슬린, 바르톨로, 피가로

피가로 (말을 중단하고는) … 아이! 뚱땡이 의사선생까지. 이제 결혼식을 위한 만반의 준비가 갖춰진 셈인가. 안녕하십니까, 친애하는 의사선생님! 저와 쉬잔의 결혼식 때문에 몸소 도성까지 왕림해주셨군요?

바르톨로 (거만하게) 그럴 리가 있나, 선생.

피가로 그러신 거라면 참으로 화통한 분이라 생각했을 텐데요.

바르톨로 물론 그렇지만. 그러기에는 그 일이 너무 기가 찬 일이었으니까 .

피가로 송구하게도 제가 선생님의 결혼을 망쳐 놓긴 했죠.

바르톨로 나한테 다른 할 말은 없나?

피가로 선생님의 노새 돌보는 일은 그만 둬야 할 듯싶습니다.[8]

바르톨로 (성이 나서) 너스레는 그만 작작하시지! 좀 잠자코 있으라구.

피가로 선생님, 지금 성을 내시는 겁니까? 선생님 같은 직업을 가진 분들은 원래 그렇게 인정머리가 없으신가요. 불쌍한 동물들도 가여워 할 줄 모르는데 하물며 사람들한테야 말할 것도 없겠지요! 그만 가보시지요. 마르슬린, 아직도 나를 상대로 소송할 생각은 아니시죠? "사랑 아니면 증오다" 뭐 이런 건 아니겠죠? 의사선생께 부탁을 드려야겠군요.

· ·

8_ 『세비야의 이발사』에서 피가로는 바르톨로의 노새를 치료했었다.(『세비야의 이발사』 2막 4장)

바르톨로 뭘 말이오?

피가로 마르슬린이 말씀드릴 겁니다.

(피가로는 나간다.)

4장
마르슬린, 바르톨로

바르톨로 (피가로가 나가는 걸 지켜보며) 저 광대 녀석은 변한 게 없군! 산 채로 가죽을 벗겨내지 않는 한, 내 장담하건대, 저 녀석의 되바라진 당돌함은 죽어서도 살갗 속에 새겨져 있을 거야.

마르슬린 (바르톨로의 몸을 돌리고는) 드디어 오셨군요. 진지하고 신중한 것도 정도껏이지 환자들이 당신 진료 기다리다 죽겠어요. 예전에 누군가는 당신의 철통같은 감시에도 결혼에 성공했더랬죠, 아마.

바르톨로 하여간에 비아냥거리며 남의 신경 긁어대는 거 하나는 타고났다니까! 그건 그렇고, 나를 이 저택까지 불러들인 이유가 뭐요? 백작님한테 무슨 변고라도 생겼답디까?

마르슬린 아뇨, 의사선생님.

바르톨로 앙큼한 백작부인 로진한테 일이라도 생긴 거요? 하느님 감사하게도.

마르슬린 부인은 시름에 젖어 있다네요.

바르톨로 뭣 때문에?

마르슬린 나리가 거들떠보지도 않는다죠, 아마.

바르톨로 (반가운 기색으로) 존엄하신 배우자께서 나를 대신해 앙갚음을 해주시는군!

마르슬린 백작님은 도대체 어떤 분인지 모르겠어요. 본인은 자유분방하기 이를 데 없으면서 질투심은 또 둘째가라면 서러워라 하고.

바르톨로 자유분방한 건 권태롭기 때문이고, 질투하는 건 오만하기 때문인 거지. 뻔한 거 아니요.

마르슬린 오늘만 해도 그래요. 백작님은 쉬잔을 피가로와 결혼시키면서, 그 결혼에서 뭔가 챙기려는….

바르톨로 그럴 필요가 있었던 게지!

마르슬린 딱히 그런 것만은 아니고요. 백작님은 남몰래 신부랑 좀 놀아볼 속셈인 거라고요.

바르톨로 피가로의 신부랑 말이요? 뭐 피가로로서도 해볼 만한 거래겠는데.

마르슬린 바질 말로는 그렇지 않다던데요.

바르톨로 그 놈팡이가 여기에 또 나타났소? 도둑놈 소굴이로군. 그자는 이곳에서 뭘 한답디까?

마르슬린 나쁜 짓이면 뭐든지요. 내 보기에 그중 최악은 오래전부터 나한테 끈덕지게 열정을 쏟고 있다는 사실이죠.

바르톨로 나라면 진즉에 그 작자의 추근거림을 골백번은 물리쳤겠구만.

마르슬린 무슨 수로요?

바르톨로 그와 결혼하면 되잖소?

마르슬린 참으로 얄밉고도 인정머리 없게 약을 올리시는군요. 왜 내 진심도 똑같이 뿌리치지 그러세요? 당신도 빚이 있잖아요? 당신이 나한테 한 약속은 도대체 어디다 내팽개친 거죠? 우리 사랑의 결실인 우리 아들 에마뉘엘은 까맣게 잊어버린 건가요? 그 앤 우리를 결혼으로 맺어줄 아이였다고요.

바르톨로 (모자를 벗으며) 고작 이따위 객쩍은 소리나 듣게 하려고, 나를 세비야에서 이곳까지 불러들인 거요? 당신이 그토록 목매는 결혼을 성사시키려면….

마르슬린 좋아요! 그 얘긴 이제 그만 하죠. 나랑 결혼하는 게 그렇게 싫으면, 적어도 내가 다른 사람과 결혼하는 건 도와줄 수는 있겠죠.

바르톨로 아무렴! 어디 얘기나 들어봅시다. 그 불쌍한 자가 대체 누구요, 하느님한테도 여자들한테도 버림받은 그자가? ….

마르슬린   의사선생님, 잘생기고 유쾌하고 사랑받아 마땅한
피가로 말고 또 누가 있겠어요?

바르톨로   그 사기꾼이라구?

마르슬린   좀처럼 화내는 법도 없고, 늘 유쾌하면서도 현재를
즐길 줄 알고, 과거나 미래 따윈 걱정하지 않는 사람이죠.
쾌활하면서도 너그럽기가 한량 없고요! 통도 커서 ….

바르톨로   도둑놈처럼 말이지.

마르슬린   영주님처럼요. 아무튼 매력이 철철 넘치는 사람이
라고요. 좀 무정한 구석이 있긴 하지만.

바르톨로   그럼 쉬잔은 어쩌고?

마르슬린   피가로가 나와 맺은 계약이 이행되도록 친애하는
의사선생님께서 좀 거들어주시면, 그 앙큼한 쉬잔이 피
가로를 차지할 일은 없을 거예요.

바르톨로   오늘이 결혼식 당일인데 말이요?

마르슬린   결혼식 직전에 깨지는 거죠. 내가 여자들의 사소한
비밀을 까발리기만 하면 ….

바르톨로   여자들은 의사한테도 숨기는 신체 비밀이 있는 거
요?

마르슬린   나야 당신한테 무슨 비밀이 있겠어요! 우리 여자들은
속에서는 열정이 끓어 넘쳐도 기본적으로 부끄러움을

갖고 있다고요. 아무리 매력적인 남자라도 우리를 향락으로 꾀어내긴 쉽지 않죠. 유혹에 약한 여자도 자신 내면에서 이렇게 말하는 목소리를 듣게 되니까요. "있는 대로 정성껏 가꾸되, 최대한 행실은 바로하고, 경계심은 필수다." 그런데 경계심이라면 어느 여자라도 그 중요성을 인지하고 있으니, 먼저 쉬잔이 어떤 제안을 받았는지 까발려서 그녀를 겁먹게 하자는 거지요.

바르톨로 그러면 사태가 어떻게 진행되는 거요?

마르슬린 수치심에 못 이겨 쉬잔은 백작에게 계속 거부의사를 표시할 거고, 그럼 백작은 복수하기 위해서라도 내가 제기한 결혼 반대 의사에 힘을 실어 주지 않겠어요. 그렇게 되면, 내 결혼은 기정사실이 되는 거고요.

바르톨로 옳거니! 좋았어. 늙어 비틀어진 가정교사랑[9] 맺어준다 말이지, 내 젊은 애인을 빼돌린 악당놈을.[10]

마르슬린 (재빨리) 내 소망을 꺾어버리면 자기 행복이 배가된다

· ·

9_ [역주] 권두의 무대지시에서는 마르슬린을 살림을 관리 감독하는 인물로 명시하고 있으나, 바르톨로는 그녀를 가정교사로 언급한다. 뒤에서 쉬잔이 백작부인이 바르톨로 집에 머물던 시절 마르슬린이 공부 좀 했답시고 로진을 괴롭혔다고 언급하는 것을 보아, 마르슬린이 여자집사 겸 가정교사 역할을 한 것으로 보인다.

10_ [역주] 『세비야의 이발사』에서 피가로가 백작이 로진과의 사랑을 위해 그녀를 바르톨로의 집에서 구출하는 데 도움을 준 것을 암시.

고 생각하는 사람이죠.

바르톨로 (재빨리) 일전에 내 수중에서 백 에퀴를 훔쳐간 놈이기
도 하지.

마르슬린 얼마나 짜릿할까요! ….

바르톨로 악당놈을 혼내줄 수만 있다면 말이지 ….

마르슬린 그 사람이랑 결혼할 수만 있다면 말이에요. 선생님,
그 사람이랑 결혼할 수만 있다면요!

5장
마르슬린, 바르톨로, 쉬잔

쉬잔 (손에는 기다란 리본끈과 함께 여성용 잠자리 머리쓰개를 들고,
팔에는 여성 드레스를 두르고는) 그 사람이랑 결혼을 한다고요!
그 사람이랑 결혼을요! 그 사람이라니 누구 말씀인가요?
나의 피가로 말씀인가요?

마르슬린 (앙칼지게) 안 될 게 뭐 있나요? 당신이 그와 결혼할
거라서!

바르톨로 (웃으며) 여자들이 화내면서 말싸움하는 것만큼 재밌
는 것도 없지! 어여쁜 쉬종, 당신 같은 여성을 차지하다니
피가로가 얼마나 운수 대통한 남자냐고 말하던 참이었

소.

마르슬린 주인나리처럼 말이죠. 피가로는 모르고 있겠지만.

쉬잔 (무릎을 약간 굽히는 인사를 하며) 부인, 말 한마디 한마디에 가시가 있네요.

마르슬린 (무릎을 약간 굽히는 인사를 하며) 부인, 당신도 누구 못지않은데요. 대체 어디에 가시가 있다는 거죠? 자애로우신 영주님께서 하인들에게 즐거움을 베푸시고, 그것을 함께 나누시겠다는 데 그게 뭐 잘못된 건가요?

쉬잔 베푸셨다고요?

마르슬린 그래요, 부인.

쉬잔 부인은 질투심으로 꽤나 유명하시던데요. 당신이 우겨대는 피가로에 대한 권리도 실은 별게 아니라고 하더라고요.

마르슬린 부인 수법대로 했으면, 피가로에 대한 내 권리도 백 배는 더 확고해졌겠죠.

쉬잔 오! 부인, 제 수법으로 말하면, 다름 아닌 교양 있는 부인네들의 방식인데요.

마르슬린 풋내기한테 교양이 있어 봤자 아니겠어요! 능구렁이 판사한테 순진하다고 하는 거나 매한가지지!

바르톨로 (마르슬린을 잡아당기며) 그만 가보시지요, 피가로 약혼녀 아가씨.

마르슬린 (무릎 인사를 하며) 주인나리의 숨겨둔 애인이기도 하죠.

쉬잔 (무릎 인사를 하며) 당신을 각별히 생각하시는 주인나리 말이죠, 부인.

마르슬린 (무릎 인사를 하며) 부디 호의를 가지고 나를 좀 봐주면 안 되겠어요, 부인?

쉬잔 (무릎 인사를 하며) 그 점이라면, 부인께 부족한 게 뭐가 있다고요.

마르슬린 (무릎 인사를 하며) 부인만큼 출중한 미모!

쉬잔 (무릎 인사를 하며) 뭐 사실, 제가 부인이 속상해 할 정도는 되죠.

마르슬린 (무릎 인사를 하며) 더구나 존경할 만한 분이기도 하고요!

쉬잔 (무릎 인사를 하며) 그건 할망구[11]들한테나 어울리는 덕목 아닌가요!

마르슬린 (격분해서) 할망구라구! 할망구들한테라구!

바르톨로 (그녀의 말을 가로막으며) 마르슬린!

마르슬린 선생님, 가시죠. 더는 못 참겠네요. 안녕히 가세요, 부인!

(무릎 인사를 한다.)

··
11_ [역주] 원어로는 duègne. 원래 지체 높은 집안에서 처녀들을 돌보는 나이든 여자를 가리킨다. 여기서는 쉬잔이 자신의 젊음을 무기로 마르슬린의 많은 나이를 꼬집기 위한 표현으로 사용되었다.

6장

쉬잔(홀로)

쉬잔　어서, 가세요, 부인! 가시라고요, 잘난 척하는 꼰대가
　　　따로 없다니까! 댁이 뭘 하든 난 하나도 겁 안 난다고요,
　　　당신 모욕쯤은 무시해 버리면 그만이니까. 늙어빠진 무
　　　당 좀 보라지! 공부 좀 했다고 젊은 시절 마님을 그렇게
　　　괴롭히더니만, 그것도 모자라 이제는 이 저택 사람들
　　　모두를 손에 넣고 주무르시겠다! (그녀는 의자 위에 놓아둔
　　　드레스를 내던진다.) 가만, 내가 들고 있던 게 뭐였더라.

7장

쉬잔, 세뤼뱅

세뤼뱅　아, 쉬종![12] 당신과 단둘이 얘기 좀 하려고 두 시간
　　　전부터 짬을 보고 있었어. 이리 애통할 데가! 결혼한다면

──────────
12_　[역주] 세뤼뱅은 쉬잔을 애칭으로 부른다.

서, 그럼 난 떠나야겠네.

쉬잔 내가 결혼하는데, 주인나리의 수석 시동[13]께서 왜 이
도성을 떠나죠?

세뤼뱅 (불쌍한 표정을 지으며) 쉬잔, 나리께서 나를 쫓아내셨거든.

쉬잔 (그의 표정을 흉내 내며) 세뤼뱅, 무슨 바보짓을 저지르셨길
래!

세뤼뱅 어제 저녁에 당신 사촌 팡셰트의 집에 있다가 백작님과
딱 맞닥뜨렸지 뭐야. 오늘 저녁 혼인잔치에서 팡셰트가
작은 역을 맡았다기에 대사 연습을 시키던 참이었거든.
그러고 있는데 백작님이 나를 보시더니 다짜고짜 불같이
화를 내시는 거야. "네 이놈, 썩 나가지 못할까." 이러시면
서. 나라면 여자 앞이라 차마 입에 담기도 민망한 험한
욕설을 거침없이 해대시면서 말이야…. "썩 꺼져버려,
그리고 내일부터 여기서 잠잘 생각은 꿈도 꾸지 마라."
마님께서, 아름다우신 대모님께서 나서서 나리를 설득해

••

13_ [역주] 시동은 단순히 하층민 출신의 하인이 아니라, 다소 지위가
낮은 귀족 가문의 자제가 자신의 집안보다 높은 가문에 들어가
왕이나 대 영주, 귀부인을 보필하는 임무를 맡은 어린 소년이나
청년을 일컫는다. 그래서 세뤼뱅은 쉬잔보다 나이는 어리지만
쉬잔에게 거의 반말을 쓰고, 쉬잔은 말을 높인다. 그럼에도 이
둘은 거의 대등하게 대화를 나눈다. 피가로는 세뤼뱅에게 상황에
따라 존댓말과 반말을 섞어 쓴다.

주시지 않으면, 난 끝장이야, 쉬종. 그렇게 되면 당신을 보는 즐거움도 영영 누릴 수 없게 된다고!

쉬잔 나를 본다고요! 나를? 이번엔 내 차례인가 보죠! 얼마 전까지 당신 가슴앓이 상대는 마님 아니었던가요?

셰뤼뱅 아! 쉬종! 마님은 참으로 고상하시고 아름다우시지! 하지만 너무 근엄하셔서 말이야!

쉬잔 그러니까, 그렇지 않은 나랑은 어떻게 해볼 수 있겠다 ….

셰뤼뱅 내가 감히 그렇게는 못 한다는 거 당신도 잘 알면서, 심술쟁이. 아무튼 당신은 참으로 행복한 사람이야! 언제고 마님을 볼 수 있고, 마님과 이야기를 나눌 수도 있고, 아침이면 옷도 입혀드리고, 저녁에는 벗겨드리고, 핀을 하나씩 하나씩 빼면서 말이지 …. 아! 쉬종! 그 정도는 나도 할 수 있는데 …. 근데 당신이 들고 있는 게 뭐야?

쉬잔 (약올리면서) 아, 이거요! 아름다우신 대모님의 잠자리 모자하고 리본끈 ….

셰뤼뱅 (득달같이) 리본끈이라고! 그거 나한테 넘겨주면 안 될까, 자기야.

쉬잔 (리본끈을 감추며) 안 되고말고요. "자기야!"라니, 왜 이리 친한 척이람! 머리에 피도 안 마른 도련님께서! (셰뤼뱅은 리본끈을 빼앗는다.) 어! 리본!

셰뤼뱅 (커다란 소파 주변을 돌며) 없어졌다라거나, 못 쓰게 됐다라거나, 잃어버렸다고 말하면 되잖아. 당신이라면 얼마든지 둘러댈 수 있잖아.

쉬잔 (그의 뒤를 쫓아가며) 장담하건대, 삼사 년 안에 대단한 난봉꾼 하나 탄생하겠는데요. 리본끈이나 돌려주세요?
(그녀는 도로 찾으려 한다.)

셰뤼뱅 (주머니에서 연가곡집을 꺼내며) 그냥 둬. 나한테 그냥 맡겨 두라구. 대신 내 연가곡집을 당신한테 줄게. 아름다우신 마님을 생각하면 순간순간 서글퍼지겠지만, 당신을 생각하면 기쁨의 광채가 솟아올라 기분이 좋아질 거야.

쉬잔 (연가곡집을 빼앗으며) 기분이 좋아질 거라고, 이런 난봉꾼을 봤나! 내가 팡셰트인 줄 아나본데. 마님을 연모한다면서 팡셰트 집에 있다가 들키질 않나. 거기다 한술 더 떠서 이제는 나까지 후려보시겠다!

셰뤼뱅 (흥분해서) 구구절절 옳은 말이야! 나도 이젠 내가 어떻게 생겨먹은 사람인지 모르겠어. 얼마 전부터는 가슴이 마구 방망이질을 해대는 게 느껴져. 여자만 봐도 가슴이 콩닥거리고, 사랑이니 쾌락이니 뭐 이런 단어만 들어도 찌릿찌릿하고, 싱숭생숭하고, 급기야는 누군가에게 사랑한다고 말하고픈 욕구가 목구멍까지 차올라서 공원을 휘젓고 다니면서 혼자 지껄여대기도 한다니까. 마님한테든, 당

신한테든, 나무한테든, 구름한테든, 내 헛소리를 실어다
줄 바람한테든 말이야. 어제는 마르슬린을 만났는데 ….

쉬잔　(웃으며) 하하하!

셰뤼뱅　안 될 게 뭐 있어? 마르슬린은 뭐 여자 아닌가. 게다가
처녀고! 여자! 처녀! 얼마나 짜릿한 말들이야! 얼마나
마음을 휘어잡는 말들이냔 말이야!

쉬잔　점입가경이네!

셰뤼뱅　팡세트는 다정다감해. 적어도 내 얘기는 뭐든 다
들어주거든. 당신은 아니잖아.

쉬잔　그것 참 유감이네요. 이젠 제 말 좀 들어보시지요.

(그녀는 리본끈을 빼앗으려 한다.)

셰뤼뱅　(도망치며 뒤돌아보고) 내 인생을 책임져준다고 하면 줄
수도 있고. 만약 대가가 성에 안 차면 거기다 키스 천
번도 얹어줄 수 있는데.

(이번에는 그가 그녀를 쫓아간다.)

쉬잔　(도망치며 뒤돌아보고) 가까이 오기만 해요, 따귀 천 대는
날려 드릴 테니. 마님한테 가서 일러바칠 거예요. 나리한
테도 편들어주기는커녕, “잘 하셨습니다, 주인나리. 이
꼬맹이 도둑놈을 쫓아버리세요. 제 부모한테로 이 못된
녀석을 보내 버리세요. 앞에서는 마님을 사모하는 척하
면서, 뒤로는 호박씨 까며 저한테 입 맞추려는 녀석이라

니까요"라고 말씀드려줄 테니까.

셰뤼뱅   (백작이 들어오는 것을 보고 혼비백산해서는 소파 뒤로 몸을 던진다.)
　　　　망했다!

쉬잔   왜 그렇게 놀래요?

8장
쉬잔, 백작, 셰뤼뱅(숨어 있는)

쉬잔   (백작을 알아보고는) 아! ….
　　　　　　　　　(그녀는 소파 쪽으로 다가가 셰뤼뱅을 숨긴다.)

백작   (앞으로 다가오며) 쉬종, 뭐 초조한 일이라도 있는 게냐!
　　　　혼잣말을 해대고, 새가슴이라 혼란스럽기도 할 테지. 하
　　　　긴 오늘 같은 날엔 충분히 그럴 만도 하다만.

쉬잔   (당황해서) 나리, 뭐 필요한 거 있으세요? 제가 나리와
　　　　같이 있는 걸 누가 보기라도 하면 ….

백작   누가 들이닥치면 곤란한 건 나도 마찬가지다. 내가
　　　　너한테 관심을 두고 있는 건 알고 있을 테지. 바질한테서
　　　　너를 향한 내 감정은 전해 들었을 거라 생각하는데. 잠시
　　　　내 계획을 알려주마. 들어 보거라.
　　　　　　　　　　　　　　　　　(그는 소파에 앉는다.)

쉬잔 (격하게) 아뇨, 듣지 않을래요.

백작 (그녀의 손을 잡으며) 한 마디면 돼. 너도 알다시피, 국왕 폐하께서 나를 런던 주재 대사로 임명하셨다. 난 피가로를 데려갈 생각이야. 남부럽지 않은 직책을 줄 작정이다. 안사람의 도리는 지아비를 따라가는 것이니 ….

쉬잔 아! 감히 제 생각을 말씀드리면!

백작 (그녀를 자기 쪽으로 끌어당기며) 말해 보렴, 말해 보거라! 애야, 네가 평생 나한테서 누릴 권리를 오늘 써먹어보려무나.

쉬잔 (겁을 먹고) 제가 원하는 건 그게 아니고요, 나리. 제발 저를 놓아주세요.

백작 하려던 말 하고 나면.

쉬잔 (화가 나서) 무슨 말 하려고 했는지 잊어버렸어요.

백작 아내의 도리에 대해서 ….

쉬잔 그러니까, 나리께서 의사선생님한테서 마님을 납치하다시피해서 사랑으로 결혼하시고, 마님을 위해서 그 모종의 끔찍한 영주의 권리를 폐지하셨을 때 ….

백작 (활기 있게) 처녀들을 괴롭히던 권리 말이로구나! 아, 쉬제트![14] 그 권리야말로 끝내주는 권리였지! 땅거미 질

● ●
14_ [역주] 쉬잔의 애칭.

때 정원으로 나오거라. 나와 애기만 나눠줘도, 네 다정한 호의에 대한 대가는 톡톡히 쳐주마 ….

바질 (밖에서 말한다.) 처소에도 안 계시고 백작님이 어디 가셨지?

백작 (일어나면서) 누구 목소리지?

쉬잔 아, 난 정말 재수도 없지!

백작 나가 보거라. 들여보내지는 말고.

쉬잔 (당황해서) 그럼 나리는 여기 계시고요?

바질 (밖에서 소리친다.) 부인 처소에 계시다가 나가셨다니, 찾아 봐야겠군.

백작 숨을 데가 없는데! 옳지! 이 소파 뒤가 좋겠군 …. 불편하겠는데. 아무튼 가서 어서 돌려 보내거라.

　　　　(쉬잔이 백작을 막아서자. 그는 그녀를 살짝 밀친다. 그녀는 뒤로 물러서고, 백작과 세뤼뱅 사이에 서 있게 된다. 백작이 몸을 낮춰 자리를 잡는 동안, 세뤼뱅은 돌아 나와 겁을 먹고는 소파 위에서 무릎을 접고 몸을 웅크린다. 쉬잔은 자신이 가져온 드레스를 집어 들어 세뤼뱅을 덮어주고 그 앞에 자리 잡는다.)

9장
백작, 숨어 있는 세뤼뱅, 쉬잔, 바질

바질 아가씨, 나리 못 보셨소?

쉬잔 (거칠게) 예! 제가 나리를 뵈올 일이 뭐가 있겠어요? 그만 가보세요.

바질 (가까이 다가서며) 내 질문이 뭐가 잘못됐소? 난, 피가로가 나리를 찾고 있길래.

쉬잔 당신 다음으로 자기한테 가장 해로운 사람을 피가로가 왜 찾는지 모르겠네요?

백작 (방백으로) 저자가 나를 어떻게 보필하는지 좀 두고 봐야겠는데.

바질 부인한테 좋은 일 하려는 게 남편한테 해를 끼치는 거란 말이오?

쉬잔 당신같이 구린내 나는 철면피 뚜쟁이의 기준에서는 아니겠죠.

바질 누가 당신에게 다른 남자한테 헤프게 굴지 말라고 충고라도 한 거요? 그냥 가벼운 의례 한 번 치른다 생각하고 눈 한 번 질끈 감으면, 어제까지 당신이 엄두도 못 낸 것들이 내일이면 수중에 저절로 쏟아져 들어올 텐데.

쉬잔 정말이지 천박하기 짝이 없군요!

바질 세상에서 진지하다고 하는 것들 중에 결혼식만큼 우스꽝스러운 게 또 있을까. 그래서 나는 생각하길 ….

쉬잔 (격분해서) 구역질나는 소리 좀 작작하시죠! 누가 당신더러 여기 들어오라고 했죠?

바질 자자 진정하시고! 당신 원대로 될 거요. 나도 뭐 피가로가 나리의 계획에 걸림돌이라고 생각진 않소. 그저 그 쥐방울만 한 시동 녀석만 아니면 ….

쉬잔 (머뭇거리며) 동 셰뤼뱅 말인가요?

바질 (쉬잔의 흉내를 내며) 줄곧 당신 주변에서 얼쩡거리는 '사랑에 빠진 케루비노' 말이요. 그 녀석은 오늘 아침만 해도 내가 자리를 뜨자마자 이곳에 들어오려고 기웃대던데. 아니면 아니라고 말해보시든가?

쉬잔 중상모략도 유분수지! 썩 나가세요, 고약한 사람!

바질 내가 정곡을 찌르니까 고약해 보이는 게지. 그 녀석이 고이 품고 있던 연가는 당신을 위해 쓴 건가?

쉬잔 (여전히 화가 나서) 그래요, 날 위한 거예요! ….

바질 녀석이 마님을 위해 지은 것만 아니라면야 뭐! 그런데 듣자하니 녀석이 식사 시중을 들면서 마님을 쳐다보는 눈초리가 예사롭지 않다고 하던데. 끼를 부린다고도 하고. 나리로 말하면 그런 문제에 관해서 만큼은 인정사정 없는 분이거든.

쉬잔 (격분해서) 진짜 악당이 따로 없네. 괜한 헛소문을 퍼뜨려 그 불쌍한 아이, 주인한테 신망이나 잃게 만들고.

바질 내가 꾸며내기라도 했다는 거요? 난 다들 수군대는 대로 말한 것 뿐이라고.

백작   (몸을 일으키며) 뭣이라, 다들 그렇게 말한다고!

쉬잔   아, 이럴 수가!

바질   맙소사!

백작   바질, 냉큼 가서 그 놈을 당장 내쫓으시오.

바질   이 방에 들어오는 게 아닌데.

쉬잔   (당황해서) 아이고! 어쩌지!

백작   (바질에게) 쉬잔이 충격을 받은 모양이니, 여기 이 소파에 앉히시오.

쉬잔   (거칠게 바질을 밀어내며) 앉고 싶지 않아요. 이렇게 허락도 없이 들어오다니, 무례하기 짝이 없는 사람이에요!

백작   너와 나 우리 둘뿐이니. 털끝만큼도 신경 쓸 거 없다.

바질   들으신 대로 시동 녀석에 대해 농지거리를 해서 송구합니다. 그저 녀석의 속내를 알아보려 한다는 게 그만.

백작   50피스톨[5]에다가 말 한 필 붙여서 제 부모한테 돌려보내시오.

바질   제가 농담 삼아 말한 건뎁쇼, 나리.

백작   어제도 그 애송이 난봉꾼 녀석이 정원사 딸내미와 같이 있는 걸 내 두 눈으로 똑똑히 봤다고.

· ·
15_ [역주] 스페인의 옛 금화.

바질 팡세트와 말입니까?

백작 그것도 그 아이 방안에서.

쉬잔 (발끈해서) 나리께서도 거기에 용건이 있어 가신 거 같은데요!

백작 (쾌활하게) 예리한 지적이야, 마음에 들어.

바질 족집게네.

백작 (쾌활하게) 그게 아니고, 네 술꾼 삼촌인 정원사 앙토니오한테 볼일이 있어서 갔었지. 문을 두드리니, 한참 있다 열어주더군. 네 사촌은 당황해서 어쩔 줄 몰라 하고, 낌새가 수상해서 얘기를 나누면서 요리조리 살펴봤지. 뭔지는 모르겠는데, 문 뒤쪽으로 커튼 같기도 하고, 외투로 덮여 있는 옷걸이 같은 게 있길래, 아무렇지도 않은 척 가만히 그 커튼을 걷어냈는데. (그 제스처를 흉내 내고, 소파에 걸쳐 있던 드레스를 들어 올린다.) 그러고 나서 보니까⋯. (그는 세뤼뱅을 알아본다.) 이런⋯.

바질 아이쿠!

백작 이번 난봉질도 먼젓번이랑 판박이로구나.

바질 먼젓번보다 한 술 더 뜨는뎁쇼.

백작 (쉬잔에게) 대단해. 약혼한 지 얼마나 됐다고 이딴 짓거리냐? 혼자 있겠다 하더니만 바로 이 조무래기랑 같이 있고 싶어서였군. 그리고 자네, 자네는 대모님을 향한 존경심

백작이 안락의자에 걸쳐 있던 드레스를 걷어내고 셰뤼뱅을 발견하는 장면(자크 필립 조셉 드 생-캉탱, 1785).

도 없나, 대모님의 시녀이기도 하고 친구의 아내이기도 한데 감히 수작질이라니? 내가 각별히 생각하고 총애하는 피가로가 이런 기만의 희생양이 되는 걸 가만 두고 볼 수는 없지. 마질 선생, 피가로와 같이 있지 않았소?

쉬잔 (발끈해서) 기만이라니요, 희생양이라니요. 나리께서 저한테 얘기하실 때 저 아이도 여기 있었다고요.

백작 (성을 내며) 입만 열면 거짓말이구나! 아무리 지독한 원수라
　　　도 이런 불상사를 바랄 수는 없는 법이다.

쉬잔 저 아이는 저한테 부탁하러 온 거예요. 마님께 청을
　　　넣어 나리의 선처를 구해 달라고요. 나리께서 느닷없이
　　　들어오시는 바람에 너무 놀라 이 소파에 숨게 된 거고
　　　요.

백작 (화가 나서) 어디서 꼼수를 부리느냐! 내가 들어와서 소파에
　　　앉았는데, 무슨 소리야!

셰뤼뱅 나리, 그때 저는 의자 뒤에서 벌벌 떨고 있었는뎁쇼.

백작 또 꼼수를 부리는군! 내가 방금 그 의자 뒤에 있었는데.

셰뤼뱅 송구하옵게도, 그때는 제가 소파 위로 옮겨 몸을
　　　웅크리고 있었고요.

백작 (더욱 격분해서) 미꾸라지 같은 놈! 우리 얘기를 다 엿들었겠
　　　구나!

셰뤼뱅 맹세코 아닙니다, 나리. 저는 아무 소리도 안 들으려고
　　　필사적으로 노력했습니다.

백작 뻔뻔한 놈! (쉬잔에게) 피가로와 결혼은 물 건너간 줄
　　　알아라.

바질 진정하시지요. 누가 옵니다.

백작 (소파에서 셰뤼뱅을 끌어내 세워놓고는) 다들 볼 수 있게 여기

서 있어!

10장

셰뤼뱅, 쉬잔, 피가로, 백작부인, 백작, 팡셰트, 바질, 다수의
하인들, 축제 의상을 입은 농부 아낙네들, 농부들.

피가로 (새하얀 깃털과 하얀 리본이 달린 여성용 모자를 들고 백작부인에게
말한다.) 저희들에게 은혜를 베풀어주실 분은 마님밖에
없습니다.

백작부인 여보, 당신도 봤죠, 이 사람들은 내가 대단한 영향력
이라도 가진 줄 아나 봐요. 하지만 이 사람들의 요구도
터무니없는 건 아니니 ….

백작 (당황해서) 이자들 요구는 터무니없는 걸 거요 ….

피가로 (쉬잔에게 낮은 목소리로) 좀 거들어 봐.

쉬잔 (피가로에게 낮은 목소리로) 소용없어.

피가로 (나지막하게) 뭐라도 해보라고.

백작 (피가로에게) 그래 자네는 원하는 게 뭔가?

피가로 나리, 하인들은 나리께서 마님을 향한 지극한 사랑으로
그 몹쓸 권리를 폐지하신 것에 크게 감복하여 ….

백작 그래, 그 권리도 없어진 마당에, 무슨 말을 더 하려고?

피가로 (짓궂게) 지금이야말로 고매하신 주인님의 덕망이 빛을 발할 절호의 기회라 말씀드리고 싶습니다. 그래서 제 결혼식에 맞춰 나리의 덕망을 기리는 차원에서 제가 그 혜택을 누리는 첫 수혜자가 되고 싶은 마음뿐입니다.

백작 (더욱 당황해서) 여보게, 나를 놀려먹으려는 심산인가 보군. 그런 수치스런 권리를 없애는 건 정절을 지킨 것에 대한 마땅한 보상이거늘. 피 끓는 스페인 남자라면 어떻게든 미인을 정복하려고 갖은 호의를 베푸는 거야 당연하다만. 노예에게 공물을 요구하듯 그 달콤한 호의를 먼저 요구하는 건, 야만스런 반달족이나 하는 짓거리지, 카스티유 귀족으로서 행사할 권리는 아니지 않는가.

피가로 (손으로 쉬잔을 붙잡고) 나리께서 지극히 배려하사 지금까지 고이 지켜주신 이 젊은 처녀에게 나리의 순수한 의도를 상징하는 하얀 깃털과 리본 달린 이 혼례모를 직접 씌워주시는 것이 어떠실는지요. 결혼식에 이것을 하나의 의례로 택하시고, 이 순간의 추억을 영원히 간직하도록 합창대가 노래 부르게 하면 ….

백작 (당황해서) 사랑꾼, 시인, 음악가란 직함이 어떤 정신 나간 짓을 해도 용서받는 자격인 줄은 몰랐네 ….

피가로 친구들, 제 뜻에 동참해주시지요.

일동 나리! 나리!

쉬잔   (백작에게) 마땅히 누리셔야 할 칭송을 왜 피하려 하시나
요?

백작   (방백으로) 뻔뻔한 놈!

피가로   쉬잔을 보십시오. 나리의 고매하신 희생을 이보다
더 잘 보여줄 어여쁜 처녀가 또 어디 있겠습니까.

쉬잔   내 미모 얘기는 그만하고 나리의 덕망에 집중해야지.

백작   (방백으로) 놀고들 있네.

백작부인   저도 이들 편에 서겠어요. 이 결혼식은 저한테도
매우 의미 있는 결혼식이 될 테니까요. 이 결혼은 당신이
예전에 나한테 보여준 지극한 사랑에서 싹튼 거잖아요.

백작   내 사랑이야 여전히 변함없지. 그 사랑의 이름으로
내 항복하리다.

일동   만세!

백작   (방백으로) 꼼짝없이 걸려들었군. (목청을 높여) 예식을 조금
늦춰서라도 좀 더 성대하게 치러주고 싶구나. (방백으로)
마르슬린을 어서 빨리 불러들여야겠군.

피가로   (셰뤼뱅에게) 이런 악동! 박수 안 치십니까?

쉬잔   상심해서 그래요. 나리께서 쫓아내셨거든.

백작부인   여보, 어지간하면 용서해주세요.

백작   그럴 순 없소.

백작부인   아직 어린애잖아요!

백작   당신 생각만큼 어리지 않소.

셰뤼뱅 (부들부들 떨면서) 마님과 결혼하시면서 포기하셨다는 권리가 너그럽게 용서하기인 건 아니겠죠.

백작부인 백작님은 그대들 모두를 괴롭히던 권리만 내려놓으신 거랍니다.

쉬잔   나리께서 용서하는 권리를 포기하셨다면, 분명 제일 먼저 조용히 되찾고 싶어 하실 것도 그걸 걸요.

백작   (당황하며) 아무렴 그렇지.

백작부인 왜 그걸 되찾고 싶어 하는 거예요?

셰뤼뱅 (백작에게) 제 처신이 경솔했던 건 사실입니다, 나리. 하지만 언사에 부주의한 적은 없었습니다.

백작   (당황해서) 그만, 됐고.

피가로   무슨 뜻인지요?

백작   (재빨리) 좋다! 다들 용서해주길 바라니, 용서하지. 이왕지사 이렇게 된 마당에 크게 베풀어서, 내 부대의 중대한 곳을 네게 맡기도록 하겠다.

일동   만세!

백작   단 지금 당장 출발해서 카탈루냐에서 합류한다는 조건이다.

피가로   나리, 내일 출발하면 안 될까요?

백작   (고집하며) 안 돼.

셰뤼뱅   분부 받들겠습니다.

백작   대모님께 인사드리고 가호를 부탁드리거라.

    (셰뤼뱅은 백작부인 앞에서 무릎을 꿇고는 말을 잇지 못한다.)

백작부인   (마음이 짠해서) 하루도 더 미루면 안 된다 하시니 오늘 떠나도록 하세요, 젊은이. 새로운 상황이 눈앞에 펼쳐졌으니, 가서 의연하게 임무를 수행하도록 하세요. 나리께서 내리신 은혜를 영광으로 여기시고, 어려서부터 호의를 베풀어준 이 가문을 꼭 기억해주세요. 매사에 순종하고, 의롭게 행동하고, 용기를 잃지 마시고요. 우리도 그대의 성공을 함께 기원할 겁니다.

    (셰뤼뱅은 다시 일어나서 자기 자리로 돌아간다.)

백작   부인, 안쓰러운 마음이 드는가 보군.

백작부인   왜 아니겠어요. 위험천만한 인생길에 내던져졌는데 저 아이의 운명이 어떻게 될지 누가 알겠어요? 제 친척이고 대자이기도 하잖아요.

백작   (방백으로) 바질 말이 맞았어. (큰 소리로) 젊은이, 마지막이니 … 쉬잔에게 인사하고 떠나도록 하지?

피가로   겨울이면 다시 올 텐데 그럴 필요가 있을까요? 자, 대장, 나도 한 번 안아주지! (피가로가 그를 안아준다.) 잘 가시게, 셰뤼뱅! 이제 자네는 지금까지와는 완전히 다른 인생행로를 걷게 될 거야. 온종일 아낙네들 규방 근처는 얼씬도 못할 테고, 달달한 과자나 크림 듬뿍 얹은 간식 같은 건 꿈도 꾸지 못할 거고 손바닥치기 놀이도 술래잡기도 어림없지. 모름지기 훌륭한 군인이란 꾀죄죄한 군복에, 햇볕에 검게 그을린 모습으로, 무거운 총을 메고서도 빈틈없이 각을 잡고, 우향우, 좌향좌, 선두에서 의젓하게 행진해야지, 포탄에 맞지 않는 한 휘청거리지도 말고 ….

쉬잔 어휴, 무시무시해라!

백작부인 듣기만 해도 몸서리가 쳐지는구나.

백작 그런데 마르슬린은 어딨지? 왜 당신들과 같이 있지 않은 거지, 이상하군.

팡셰트 농가 쪽 샛길로 해서 읍내로 나가던데요, 나리.

백작 언제쯤 돌아오려나?

바질 하느님이 정하신 때에 오지 않겠습니까.

피가로 하느님이 정하지 않으시길 바라야겠군.

팡셰트 의사선생님이랑 팔짱을 끼고 가던데요.

백작 (격한 어조로) 의사가 이곳에 왔었다고?

바질 도착하기가 무섭게 그 여자가 낚아채서 데리고 가버리던뎁쇼.

백작 (방백으로) 하여간 그 작자는 꼭 필요할 때 없다니까.

팡셰트 그 여자는 엄청 열을 받은 것 같던데요. 걸어가면서

고래고래 소리 지르고, 멈춰 서서는 이렇게 양팔을 휘둘
러대고요. 그러니까 의사 나리가 그녀를 진정시키려고
손으로 이렇게 하대요. 화가 단단히 난 모양이더라고요!
제 사촌 피가로의 이름도 마구 불러대면서요.

백작　(그녀의 턱을 잡고) 예비 사촌이겠지.

팡셰트　(세뤼뱅을 가리키며) 나리, 어제 일은 용서해주시는 거죠?[16]

백작　(그녀의 말을 가로막으며) 됐다, 됐으니 그만하자꾸나.

피가로　애완견이 그녀를 다독이고 있는 모양이군. 저러다
우리 혼인잔치 망쳐놓는 거 아냐.

백작　(방백으로) 내가 대답해주지. 혼인잔치는 마르슬린이 제대
로 엉망으로 만들어줄 거란 말씀이지. (큰 목소리로) 자,
부인, 들어갑시다. 바질 선생은 내 방에 들렀다 가게나.

쉬잔　(피가로에게) 날 보러 올 거지?

피가로　(목소리를 낮추며) 우리가 제대로 나리 눈을 속인 건가?

쉬잔　(목소리를 낮추며) 눈치하고는![17]

(그들은 모두 나간다.)

· ·

16　7징과 9장 참조.
17　쉬잔은 피가로가 생각한 것처럼 백작이 속아 넘어가지 않았다는
　　것을 잘 알고 있다.

11장

셰뤼뱅, 피가로, 바질 (모두가 나가려하자, 피가로는 이 두 사람을
　　　붙잡아 되돌아오게 한다.)

피가로　　잠깐, 당신네 둘은 가면 안 되지요! 결혼식 허락도
　　　　떨어졌고, 오늘 저녁 혼인잔치도 예정대로 진행될 텐데,
　　　　합을 맞춰봐야죠. 비평가들도 눈에 불을 켜고 있는 날인
　　　　데 배우들이 어쭙잖게 연기하면 되겠습니까. 만회할 내
　　　　일이 있는 것도 아니고요. 그러니 오늘 각자 자기 역할이
　　　　뭔지 확실히 꿰고 있어야지요.

바질　　(심통맞게) 내 역할은 자네 생각보다 훨씬 까다로운 듯싶은
　　　　데.

피가로　　(그에게 보이지 않게 그를 때리는 시늉을 하며) 그러니까 제대로
　　　　해내기만 하면 그만큼 성과가 있을 겁니다.

셰뤼뱅　　이봐요, 내가 떠나야 한다는 걸 깜빡한 모양인데.

피가로　　자네도 이곳에 그냥 눌러 있고 싶은 마음이 굴뚝같지!

셰뤼뱅　　두말하면 잔소리죠, 그럴 수만 있다면야!

피가로　　그러니까 머리를 써야지. 쫓겨난다고 구시렁대지만
　　　　말고. 일단 어깨에 여행용 외투를 걸치고, 대놓고 가방
　　　　싸는 모습을 보이는 거야. 그 다음, 사람들 눈에 확 띄게
　　　　말을 철책에 매어 두고, 그러고 나서 잠시 농가까지 말을

타고 갔다가, 거기서 뒷길로 걸어 되돌아오는 거지. 그럼 나리도 자네가 떠난 줄로 생각하시지 않겠어. 자네는 나리 눈에 띄지 않게 숨어 있기만 하라고, 잔치가 끝나면 내가 책임지고 나리를 설득해볼 테니까.

셰뤼뱅 그나저나 팡셰트가 아직 자기 역할을 익히지 못했는데 어쩌죠!

바질 도대체 자네는 일주일이나 붙어 있었다면서 그 아이한테 뭘 가르친 거야?

피가로 그럼 오늘은 달리 할 일도 없으니, 그 아이한테 가서 연기 지도나 해주든지.

바질 젊은 친구, 조심해, 조심! 그 애 아비 심기가 영 편치 않은 것 같으니 말이야. 제 아비한테 뺨까지 얻어맞은 판에 그 애가 자네랑 연기 연습을 할까 모르겠네. 셰뤼뱅! 셰뤼뱅! 그 애한테 괜히 마음의 상처만 주게 될까 걱정되는군! "항아리도 물을 한없이 쏟아 부으면! …."

피가로 또 고리타분한 속담 타령이군. 선생님! 민중의 지혜는 뭐라던가요? "항아리도 물을 끝까지 쏟아 부으면 …."

바질 가득 차게 된다, 이 말이지.[18]

••

18_ 원래 속담은 항아리에 물을 한없이 가득 채우면, 항아리도 깨진다 인데, 여기서 바질은 깨진다는 표현 대신 가득차다라는 표현으로 피가로의 대사에 응수해 답한 것이다.

피가로   (나가면서) 그렇게 멍청이는 아니군, 하여간 멍청이는

아니야!

제 2 막

무대는 호화로운 침실과, 알코브 양식[19]으로 놓인 커다란 침대,
돌출된 연단을 보여준다. 여닫이 출입문이 오른편 뒤쪽에
위치해 있고, 왼편 앞쪽에는 옷 방으로 통하는 문이 있다.
무대 안쪽으로는 하녀 방으로 통하는 문이 있고, 그 반대쪽으
로 창문이 열려 있다.

19_ [역주] 벽을 움푹 파서 침대 머리맡을 들여놓는 형태.

1장

쉬잔, 백작부인 (오른편 문을 통해 들어온다.)

백작부인 (소파에 털썩 앉으며) 쉬잔, 문 닫고 와서 나한테 빠짐없이
모두 얘기해 보렴.

쉬잔 숨김없이 다 말씀드렸는데요.

백작부인 그러니까, 쉬종, 백작님이 너를 유혹하려 했다는
거지?

쉬잔 아뇨, 그럴 리가요. 나리께서 아무려면 그런 식으로
하녀를 대하시겠어요? 그저 돈으로 저를 매수하려 하신
거죠.

백작부인 셰뤼뱅도 거기 있었고?

쉬잔 실은 커다란 소파 뒤에 숨어 있었어요. 저한테 청이
있어 찾아 왔었거든요. 마님께 나리의 용서를 받아주십
사 부탁해 달라고요.

백작부인 왜 나한테 직접 부탁하지 않고? 내가 거절하기라도
할까봐 그랬나?

쉬잔 저도 그렇게 말했어요. 그 아인 이 저택을 떠나는 걸,
특히 마님 곁을 떠나는 걸 무척이나 아쉬워하더라고요.
"아! 쉬종, 마님은 어쩜 그리 고상하시고 아름다우실까!
하지만 너무 근엄하시지!"

백작부인 쉬잔, 내가 정말 그렇게 보여? 그 아이한테는 늘 다정하게 대한 거 같은데.

쉬잔 그러고는 제가 갖고 있던 잠자리 리본끈을 보더니 냅다 달려들더라고요 ….

백작부인 (웃으면서) 내 리본끈을? 아휴, 어린애 같기는!

쉬잔 제가 도로 뺏으려니까, 눈알을 부라리는 게 사자가 따로 없더라고요. 그 연약하고 새된 목소리에 힘을 잔뜩 주고는 "날 죽이고 가져가 보시지" 하는데, 기차 화통을 삶아 먹은 줄 알았다니까요.

백작부인 (생각에 잠긴 듯한 표정으로) 그래서 쉬종?

쉬잔 마님, 어떻게 하면 그 조무래기의 악동 짓을 고칠 수 있을까요? 여기서는 우리 대모님, 대모님 하며 찾았다가, 저기 가서는 다른 여자한테 치근덕대고, 언감생심 마님 드레스에는 입을 못 맞추니까 노상 저한테 키스하려고 덤벼든다니까요.

백작부인 (생각에 잠긴 듯) 그만, 이제 바보 같은 소리 그만 하고, 쉬잔, 나리께서 무슨 말씀을 하셨는지나 말해보렴?

쉬잔 제가 당신 말을 듣지 않으면, 앞으로 마르슬린을 밀어 줄 거라고요.

백작부인 (일어서서 부채로 부채질을 세차게 해대면서 왔다 갔다 한다.) 이제 백작님은 나를 눈곱만큼도 사랑하시지 않나보다.

쉬잔 　그렇담 왜 그런 질투심을 보이시는 걸까요?

백작부인 　세상 남편들이나 마찬가지지. 오로지 자존심 때문인 거지. 내가 백작님을 너무 사랑했나보다. 내 한결같은 다정함에 질리신 거야. 내 사랑에 싫증이 나신 거지. 내 실수라면 그것뿐이야. 나한테 솔직하게 털어놓았다고 해서 너한테 해가 될 일은 없을 거야. 피가로와 결혼은 문제없을 거야. 우리를 도와줄 사람은 피가로뿐인 것 같은데. 오겠지?

쉬잔 　나리께서 사냥터로 출발하시는 거 보고 나면 올 거예요.

백작부인 　(부채질을 하며) 정원 쪽 창문을 좀 열어주렴. 여긴 왜 이리 더운지 모르겠구나!

쉬잔 　말씀하시면서 계속 걷고 계시니까 그렇죠.

　　　　　　　　　　　　　　　(그녀는 안쪽 창문을 열러 간다.)

백작부인 　(한참을 생각에 잠긴 듯) 나리께서 그토록 나를 피하시지만 않아도 … 남자들은 정말이지 못됐어!

쉬잔 　(창가에서 외친다.) 나리께서 말을 타고 채소밭을 지나가고 계신데요. 그 뒤로 페드리유와 사냥개 둘, 셋, 네 마리가 쫓아가고 있고요.

백작부인 　시간은 충분해. (그녀는 앉는다.) 쉬잔, 누가 문을 두드리는데?

쉬잔 　(노래 부르며 문을 열러 뛰어간다.) 아! 피가로! 내님, 피가로!

2장

피가로, 쉬잔, 백작부인(앉아 있다.)

쉬잔 피가로! 어서 들어와. 마님께서 목 빠지게 기다리고
계셔.

피가로 쉬잔, 당신은 아니고? 마님께서 그러실 이유가 없을
텐데. 뭐가 문제지? 걱정거리가 있으신가? 백작님 성정
에, 젊고 사랑스런 여자를 찾아냈는데, 애인 삼고 싶어
하는 거야 당연한 거 아니겠어.

쉬잔 당연하다고?

피가로 그래서 나리께서 나를 통신원으로 임명하시고, 당신을
수행원 삼으신 거라고. 다 꿍꿍이속이 있었던 거지.

쉬잔 말 다했어?

피가로 내 약혼녀 쉬잔 양이 그 요직을 수락하지 않을 것
같으니까, 나리께서 마르슬린의 계략을 밀어주려는 거
아니겠어. 불 보듯 뻔하지. 그러니 우리도 저들 계획을
주저앉히고 우리 계획에 걸림돌이 되는 자들에게 뜨거운
맛을 보여줘야지. 다들 그렇게 하는데, 별 수 있어, 우리도
따라 할밖에.

백작부인   피가로, 우리 모두의 행복이 달린 그런 계획을 어찌
그리 가볍게 생각하는 거죠?

피가로   마님, 누가 그런 말을 하던가요?

쉬잔   우리 걱정거리를 마음 쓰기는커녕 ….

피가로   이 정도면 충분히 마음 쓰는 거 아닌가요? 나리처럼
전략적으로 대응하자면, 우선 자기 소유물에 대한 나리
의 불안감을 건드리면서, 우리 것에 대한 나리의 집착을
이용해야 한다는 게 제 생각입니다.

백작부인   그럴듯한데요. 그런데 어떻게요?

피가로   마님, 제가 이미 조처는 다 취해놨습니다. 마님에
대한 거짓 소문을 ….

백작부인   나에 대한 소문이라고요? 제정신이에요?

피가로   제정신이 아닌 건 바로 나리시죠.

백작부인   질투가 보통 심한 분이 아닌데.

피가로   오히려 잘됐죠. 성질머리가 그런 사람들은, 신경을
살짝만 건드려도 이용해먹기가 쉽거든요. 여자들이 그건
더 잘 알지 않습니까. 그런 치들은 수를 부려서 성질을
살짝 돋우기만 하면, 어디든 코를 꿰서 데려갈 수 있죠.
여차하면 과달키비르 강까지도요.[20] 바질한테 익명의

· ·

20_   [역주] 스페인 남부, 안달루시아 지방을 흐르는 강.

쪽지가 전달되도록 손 써놨습죠. 오늘 무도회에서 어떤 신사가 마님에게 접근할 거라고 알려주는 쪽지가 나리께 갈 겁니다.

백작부인 정숙한 여인을 두고 어떻게 그런 장난질을?

피가로 그럴 리가요. 마님, 만약 그랬다가, 탄로 나면 큰일 나게요!

백작부인 그러니까 내가 당신한테 고마워해야 한단 말이군요.

피가로 나리께 낮 동안에 할 일을 정해드리면, 그러니까 주변을 이러 저리 왔다 갔다 하게 하거나, 마님에 대해 최악을 상상하면서 시간 보내시게 하면 재밌지 않을까요? 이미 나리께서는 흔들리고 계세요. 저 여자한테로 뛰어가야 되나, 아니면 이 여자를 감시해야 되나? 정신없이 들판을 내달리다 애먼 토끼를 잡는 형국이라고나 할까요. 그러는 사이 혼례 시간도 임박해 올 테니, 나리도 훼방을 놓지는 못하실 겁니다. 마님 앞에서 감히 반대하실 수 없을 테니까요.

쉬잔 맞아요. 정작 훼방꾼은 영악한 마르슬린일 듯싶어요.

피가로 푸우. 내 걱정도 바로 그거야. 그래서 하는 말인데, 당신이 나리께 해질녘에 정원으로 나가겠다고 하면 어떨까.

쉬잔 당신 진짜 자신 있는 거야?

피가로 물론이지. 제 말씀 좀 들어보세요. 감나무 밑에 가서 감 떨어지길 기다릴 순 없지 않겠어요. 도모하지 않으면 얻는 것도 없다. 이게 제가 드리고 싶은 말씀입니다.

쉬잔 그 말 근사한데!

백작부인 그럴듯하긴 한데. 그럼 쉬잔이 거기 나가는 거는 괜찮고요?

피가로 그럴 리가요. 쉬잔 옷을 다른 사람한테 입혀서 내보내야죠. 약속 장소에 우리가 짜잔 하고 등장하면 백작님도 어쩌지 못하시겠죠?

쉬잔 내 옷을 누구한테?

피가로 셰뤼뱅.

백작부인 그 아이는 떠나고 없는데요.

피가로 제가 알기로는 아니거든요. 저한테 맡겨보시죠?

쉬잔 일 꾸미는 거라면 피가로한테 믿고 맡기셔도 돼요.

피가로 한꺼번에 둘, 셋, 넷까지도 거뜬하지요. 마구 얽히고설킨 것도 문제없고요. 타고나길 해결사로 타고난지라.

쉬잔 그것처럼 어려운 일도 없다던데.

피가로 받고, 틀어쥐고, 요구한다. 이 세 가지가 비결이라면 비결이지요.

백작부인 호언장담하는 걸 보니, 마음이 동하긴 하는데.

피가로 바라던 바입니다.

쉬잔 　그래서 당신이 말하려는 게 뭔데?

피가로 　나리가 집을 비우시는 동안, 셰뤼뱅을 마님께 보내겠습니다. 그 아이를 단장시키고 옷을 입히시기만 하면 됩니다. 나머지는 제가 그 아이를 가둬서라도 가르치겠습니다. 그러고 나면 나리께서도 우리 장단에 맞춰 춤을 추시지 않을 수 없을 겁니다.

(그는 나간다.)

3장

쉬잔, 백작부인(앉아 있다.)

백작부인 　(화장함[21]을 손에 들고) 저런! 쉬잔, 내 꼴이 이게 뭐람! …. 젊은 청년이 온다고 하는데! ….

쉬잔 　마님은 그 아이가 곁을 떠나는 게 싫으신가 보네요?

백작부인 　(작은 거울을 몽롱하게 바라보며) 내가? …. 내가 그 아이를 어떻게 야단치는지 보려무나.

쉬잔 　그 아이한테 직접 쓴 연가를 불러보라 하세요.

· ·

21_ 암스테르담 판본에는 화장함 대신에 손거울로 되어 있다. 안쪽에 거울이 붙어 있는 화장함을 일컫는다.

(그녀는 연가집을 백작부인에게 건넨다.)

백작부인   그런데 머리가 엉망이네 ….

쉬잔   (웃으면서) 두 군데 컬만 손질하면 될 것 같은데요. 그럼 마음 놓고 그 아이를 야단치실 수 있을 거예요.

백작부인   (제정신으로 돌아와) 지금 뭐라고 했니?

4장
세뤼뱅(수줍은 듯), 쉬잔, 백작부인(앉아 있다.)

쉬잔   들어오시지요, 장교나리. 마님은 안에 계시답니다.

세뤼뱅   (떨면서 앞으로 나온다.) 장교라는 호칭만 들어도 마음이 아파옵니다, 마님! 제가 이곳을, 이토록 … 훌륭하신 … 대모님 곁을 떠나야 한다는 사실을 떠올려주니까요!

쉬잔   그리고 이토록 아름다우신!

세뤼뱅   (한숨을 내쉬며) 그렇고말고!

쉬잔   (그를 흉내 내며) "그렇고말고." 자, 선량한 청년이여! 가식적 인 긴 눈매의 청년이여! 자, 아름다운 파랑새여,[22] 연가나 한 곡조 뽑아보시지요.

• •

22_ 세뤼뱅은 어깨에 파란색 외투를 걸치고 있다.

백작부인　(연가집을 펼치며) 이 연가가 누구 거라고 했지?

쉬잔　지은 죄가 있으니 저 얼굴 빨개지는 거 보세요! 볼따구니에 자국이 그대로 드러나잖아요.

스페인 사람들의 대화(반 루, 1755).

셰뤼뱅   마음에 품는 것도 … 잘못인가요?

쉬잔   (그의 코밑에 주먹을 들이대며) 어디 내가 다 까발려 볼까요, 말썽쟁이님.

백작부인   거기서 … 노래해 볼까?

셰뤼뱅   오! 마님, 가슴이 너무 떨려서요!

쉬잔   (웃으면서) 아이고! 작가님 겸손하시기도 해라, 마님께서 듣고 싶어 하시니, 시작해 보시지요! 반주는 제가 맡을 테니.

백작부인   내 기타를 쓰려무나.

(앉아 있던 백작부인은 연가집을 집어 들고 눈으로 가사를 쫓아간다. 쉬잔은 소파 뒤에서 백작부인의 어깨 너머로 악보를 보면서 전주를 연주한다. 셰뤼뱅은 눈을 내리깐 채 백작부인 앞에 위치해 있다. 이 광경은 <스페인 사람들의 대화>라는 제목의 반 루Van Loo[23]의 아름다운 판화와 흡사하다.)

(연가)

〈말부르그, 전쟁터에 나가다〉[24]

23_   1705년에서 1765년까지 생존한 프랑스의 유명한 화가.
24_   이 아리아는 18세기 초에 발표된 것으로 당시 유행하던 곡조였다. 루이 14세에 맞서 싸운 영국의 장군 말보로흐Marlborough 공작의

1절
내 준마 숨을 헐떡이니,
(내 심장, 내 심장이 찢어지누나!)
군마를 타고 들판을 여기저기 떠돌아 다녔네

2절
하인도 없이, 시종도 없이
군마를 타고,
샘가 가까이 이르러
(내 심장, 내 심장이 찢어지누나!)
대모님을 생각하니
눈물이 차오르네.

3절
눈물이 흐르고,
슬픔에 못 이겨
물푸레나무 위에 새겼나니,
(내 심장, 내 심장이 찢어지누나!)

• •

죽음과 매장에 관한 노래로, 여기서는 조롱조로 그려지고 있다.

내 이름 아닌 그녀의 이름을.
임금님이 지나가시네.

4절
임금님이 지나가시고,
대신들과 성직자가 지나가고.
≪잘생긴 시동이여
(내 심장, 내 심장이 찢어지누나!)
누가 당신을 그토록 아프게 했나요?
누가 당신을 그토록 가슴 아프게 했나요? 하고 왕비님 말씀
하시네.

5절
누가 당신을 그토록 가슴 아프게 했나요?
우리에게 말해 보아요.
— 전하, 왕비마마
(내 심장, 내 심장이 찢어지누나!)
저에게는 언제나 존경하는
대모님이 계시답니다.

6절

언제나 존경하는.

전 제가 죽으리라는 걸 알지요.

왕비님 말씀하시죠.

(내 심장, 내 심장이 찢어지누나!)

— 훌륭한 시동이여,

나 그대의 대모가 아니던가?

이제 내가 그대를 보살피리라.

7절

내가 그대를 보살피리라.

내 시동이 그대를 보살피리라

그리고 대장님의 따님, 나의 귀여운 엘렌과,

(내 심장, 내 심장이 찢어지누나!)

언젠가 그대 결혼하리니.

8절

언젠가 그대 결혼하리니.

— 아니, 더는 말해서는 안 되나니

(내 심장, 내 심장이 찢어지누나!)

위로받느니

내 사슬을 질질 끌고 다니면서 고통 속에

차라리 죽고 싶어라≫

셰뤼뱅의 연가(알렉상드르 프라고나르, 1827).

백작부인   순수하기 이를 데 없는 감성이로구나.

쉬잔   (의자 위에 기타를 내려놓고서) 오! 감성으로 말하면, 이 청년
    장교님을 따를 자가… 참, 장교나리, 잔치를 흥겹게 꾸미
    기 위해 제 옷이 당신한테 잘 맞는지 맞춰 볼까 하는데요?

백작부인   잘 맞아야 할 텐데.

쉬잔   (셰뤼뱅과 키를 맞춰 보며) 엇비슷하네. 먼저 외투를 벗겨야겠
지.

(그녀는 외투를 벗긴다.)

백작부인 누가 들어오면 어쩌려고?

쉬잔 우리가 나쁜 짓 하고 있는 것도 아닌데요 뭐? 제가 가서 문을 걸어 잠그고 올게요. (그녀는 달려간다.) 머리 모양을 어떻게 할지 생각해봐야겠어요.

백작부인 내 화장대 위에 있는 주름 모자를 가져오렴.

(쉬잔이 옷 방으로 들어간다. 옷 방의 문은 무대의 가장자리에 있다.)

5장
셰뤼뱅, 백작부인(앉아 있다.)

백작부인 무도회 시작 전까지는, 그대가 성에 있다는 걸 백작님이 아셔선 안 돼요. 차후에 우리가 말씀드릴 거예요. 발령장을 수령할 때까지는 우리가 무슨 수를 써도 쓸 테니까.

셰뤼뱅 (발령장을 그녀에게 보여주며) 아! 마님, 발령장은 여기 있는데요! 바질 선생 편에 받았는데요.

백작부인 벌써? 한시라도 빨리 내쫓고 싶으셨나보다. (그녀는 발령장을 읽는다.) 급해도 어지간히 급하셨나 보네, 인장 찍는 것도 잊으신 걸 보니.

(그녀는 세뤼뱅에게 발령장을 도로 건네준다.)

6장
세뤼뱅, 백작부인, 쉬잔

쉬잔   (커다란 모자를 들고 들어온다.) 인장이요? 어디에요?

백작부인   발령장에 말이야.

쉬잔   벌써 도착했어요?

백작부인   내 말이 그 말이야. 그거 내 모자지?

쉬잔   (백작부인 옆에 앉으며) 제일 예쁜 걸로 가져왔어요.

(그녀는 입에 핀을 물고서 노래한다.)

〈이쪽으로 돌아보세요.

장 드 리라, 아름다운 내 친구여.〉

(세뤼뱅은 무릎을 꿇고 앉고, 쉬잔은 그에게 모자를 씌운다.)

마님, 아휴, 예쁘기도 해라!

백작부인   깃을 좀 여성스럽게 보이게 매만져보렴.

쉬잔   (깃을 매만지며) 여기요…. 이 꼬맹이 좀 보세요. 예쁘장한
게 영락없는 여자애에요. 제가 다 질투 날 정돈데요. (그녀

는 그의 턱을 손으로 잡는다.) 이렇게 예뻐도 되는 거예요?

백작부인   호들갑 떨기는! 소매를 좀 걷어 올려야겠다, 소맷부
리가 편안하게. (쉬잔은 소매를 걷어 올린다.) 팔에 있는 게
뭐지? 리본끈이네!

쉬잔   마님 리본끈이에요. 마님이 보셔서 다행이에요, 마님께
고하겠다고 했는데도, 그때 나리만 들어오시지 않았어도
리본끈을 도로 뺏을 수 있었는데. 저도 힘으로 하면 이
아이 못지않거든요.

백작부인   피가 묻었잖아!

(그녀는 리본끈을 벗겨낸다.)

셰뤼뱅   (부끄러워하며) 오늘 아침에 떠나려고 말에 재갈을 물리다
가 녀석이 머리로 들이받는 바람에 말 눈가리개에 팔이
살짝 스쳤거든요.

백작부인   그렇다고 리본끈을 붕대로 썼단 말이야?

쉬잔   그것도 훔친 리본끈으로요. 눈가리개니 쿠르베트[25]니
깃발이니 하는 말들은 난 모르겠고, 팔도 백옥처럼 새하
얗네! 여자같이! 나보다 살결이 더 뽀얗잖아! 보세요,
마님!

(그녀는 자신의 팔과 셰뤼뱅의 팔을 비교한다.)

· ·

25_ [역주] 말이 뒷발로 서고 앞발을 약간 구부린 자세.

백작부인   (냉랭한 어조로) 내 화장대에 가서 반창고 좀 가지고
　　　　오렴.

　　　　　(쉬잔이 웃으면서 셰뤼뱅의 이마를 밀어내자, 그는 두 손을 짚으
　　　　　며 넘어진다. 그녀는 무대 끝에 있는 옷 방으로 들어간다.)

7장
셰뤼뱅(무릎을 꿇고 있고), 백작부인(앉아 있다.)

백작부인   (눈으로 리본끈을 주시하며 한동안 말없이 있다가) 그 리본끈은
　　　　색깔이 마음에 들어서…. 잃어버린 줄 알고 몹시 속상했
　　　　거든.

8장
셰뤼뱅(무릎을 꿇고 있고), 백작부인(앉아 있다), 쉬잔

쉬잔   (돌아오면서) 이 붕대로 팔을 동여맬까요?

　　　　　　　　　(그녀는 백작부인에게 반창고와 가위를 건넨다.)
백작부인   가서 네 옷가지를 찾아다주고, 다른 모자의 리본끈도
　　　　가져와야겠다.

(쉬잔은 셰뤼뱅의 외투를 들고 무대 안쪽의 문으로 나간다.)

9장
셰뤼뱅(무릎을 꿇고 있고), 백작부인(앉아 있다.)

셰뤼뱅 (눈을 내리깔고) 저한테서 가져가신 것만 돌려주시면 금방 나을 텐데요.

백작부인 설마, 무슨 효험이 있을라고? (그에게 반창고를 가리키며) 차라리 저게 더 낫지 않을까.

셰뤼뱅 (머뭇거리며) 머리 묶는 … 리본끈이 … 누군가의 살갗에 닿게 되면 ….

백작부인 (그의 말을 자르며) 다른 사람의 살갗에 닿으면, 그게 상처에 좋단 말이지? 그런 약효가 있는 줄은 몰랐는데. 증명해보기 위해서라도 그대의 피부에 감았던 리본끈을 고이 간직해야겠는걸. 누구든 상처 입은 여인이 있으면 시험해봐야겠어.

셰뤼뱅 (시무룩해서) 그냥 마님께서 가지고 계셔주세요. 저는 떠나야 하니까요.

백작부인 아주 가는 것도 아닌데 뭘.

셰뤼뱅 전 지금 너무 불행합니다.

백작부인 (마음이 짠해서) 지금 우는 거야! 이 모든 게 섣부르게 넘겨짚은 피가로 탓이야.

셰뤼뱅 (격해져서) 피가로가 저한테 장담한 대로 끝내고 싶어요. 정말이지 지금 당장 죽고 싶은 심정이에요. 제 입으로 감히 ….

백작부인 (셰뤼뱅의 말을 가로막고 손수건으로 그의 눈가를 닦아준다.) 그만 그치고, 그만. 그런 얼토당토않은 소린 하는 게 아니지요. (문을 두드리는 소리가 들린다. 백작부인은 목소리를 높여서) 도대체 누가 이렇게 요란스레 쾅쾅대는 거지?

10장
셰뤼뱅, 백작부인, 백작(밖에 있다.)

백작 (밖에서) 왜 문이 잠겨 있지?

백작부인 (당황해서 일어서며) 남편이야! 오 맙소사! …. (자리에서 일어난 셰뤼뱅에게) 저고리도 없이, 앞섶도 팔도 다 드러내 놓고 있는데! 나와 단둘이! 이런 흐트러진 모습을! 그렇지 않아도 쪽지 때문에 질투심이 …!

백작 (밖에서) 문을 잠근 거요?

백작부인 제가 혼자 있어서요.

백작 (밖에서) 혼자라고! 그럼 누구와 얘기한 거요?

백작부인 (할 말을 찾으면서) …아마도 당신하고였겠죠.

셰뤼뱅 (방백으로) 어제 일에다가 오늘 아침까지 그 소란을 피웠는데, 아마 당장에 날 잡아 죽이려 하겠지.

(그는 옷 방으로 뛰어 들어가 문을 닫는다.)

11장

백작부인(혼자서 열쇠를 가지고 문을 열어주려 백작에게로 달려간다.)

백작부인 아! 이런 실수를! 이런 실수를!

12장

백작, 백작부인

백작 (약간 엄격하게) 평소에는 문을 잠그지 않은 거 같은데?

백작부인 (당황해서) 몸단장을 하고 있었어요…. 그래요, 쉬잔이랑 같이요. 방금 전에 쉬잔은 자기 방으로 갔고요.

백작 (그녀를 찬찬히 뜯어보며) 어째 당신 모습이나 목소리가 평소와 좀 다른 것 같군.

백작부인   다른 게 없는데요. 전혀요. 정말이에요. 당신 얘기를 하고 있었어요 …. 방금 말한 것처럼 쉬잔은 자기 방으로 갔고요 ….

백작   내 얘기를 하고 있었다고!…. 걱정이 돼서 돌아왔소. 말을 타고 가다 쪽지를 하나 받았는데. 믿을 바 못 되긴 하지만, 아무튼 날 열불나게 했거든.

백작부인   무슨 얘기인데요? 무슨 쪽지였는데요?

백작   부인, 이것만은 얘기를 해둬야겠소. 당신이나 나나 주위에 나쁜 놈들 천지요. 내가 알기로 여기 있을 리 만무한 어떤 놈이 벌건 대낮에 당신한테 접근하려 한다는 거야.

백작부인   아무리 겁이 없는 자라도, 이 방에 잠입해 들어오지 않는 한 어려울 걸요. 난 하루 종일 내 거처를 떠날 계획이 없으니까요.

백작   오늘 저녁, 쉬잔의 결혼식 때도 말이요?

백작부인   몸 상태가 영 안 좋아서 오늘은 세상없어도 안 나가려고요.

백작   마침 여기 의사가 와 있어 다행이군. (셰뤼뱅이 옷 방에서 의자를 넘어뜨린다.) 무슨 소리지?

백작부인   (더욱 당황해서) 소리라니요?

백작   가구 넘어진 소리 같은데.

백작부인   난 … 난 아무 소리도 못 들었는데요.

백작　딴 데 정신 팔려 있었나 보구려.

백작부인　정신 팔리다니요! 뭐에 정신이 팔려요?

백작　부인, 옆방에 누가 있는 거요?

백작부인　누가요?

백작　내가 묻고 있지 않소? 내가 가보리다.

백작부인　아, 쉬잔이 방안을 정리하고 있을 거예요.

백작　쉬잔은 자기 방에 갔다면서!

백작부인　자기 방에 간 줄 알았는데, 저 방에 들어가 있었던가 봐요.

백작　쉬잔이 저 방에 있는데, 당신이 왜 이리 당황하는 거요?

백작부인　내가 하녀 때문에 당황했다고요?

백작　하녀 때문인지 뭣 때문인지 모르지만, 어쨌든 당황했지 않소?

백작부인　그 아이 때문에 당황한 건 당신인 것 같은데요, 나보다 당신이 더 그 아이한테 관심이 있는 것 같은데요.

백작　(화를 내며) 그렇게나 관심을 두고 있는 아이니, 당장에 봐야겠소.

백작부인　당신이 이따금씩 그 아이를 보고 싶어 하는 줄은 알고 있어요. 하지만 이건 정말이지 근거 없는 의심이라고요 ….

13장

백작, 백작부인, 쉬잔(옷가지들을 들고 들어와서 안쪽 문을 민다.)

백작   의심이라면 더더욱 간단히 걷어낼 수 있지. (그는 옷을 향해 말한다.) 쉬종, 나오너라. 명령이다.

                (쉬잔은 안쪽에 있는 침대 옆에 멈춰 선다.)

백작부인   쉬잔은 거의 벌거벗다시피한 상태라고요. 내실에 있는 하녀들을 놀라 자빠지게 할 셈이에요? 쉬잔은 내가 결혼식을 위해 마련해준 옷들을 입어보고 있었다고요. 당신 인기척 소리가 들리자 그리로 피신한 거고요.

백작   모습을 보여주는 게 겁나면 최소한 말은 할 수 있을 거 아니요. (그는 옷 방의 문 쪽으로 돌아선다.) 쉬잔, 대답해보거라. 그 방에 있는 거냐?

          (안쪽에 자리하고 있던 쉬잔은 침대 속으로 들어가 숨는다.)

백작부인   (재빨리 옷 방을 향해 말한다.) 쉬종, 대답하지 마. (백작에게) 횡포도 횡포도 이런 횡포가 어딨어요!

백작   (옷 방 쪽으로 나가며) 대답하지 않으면, 입었건 벗었건, 내 눈으로 확인하겠다.

백작부인   (그 앞에 서서) 다른 데면 모를까 내 방에서는 어림없어요.

백작   모습이 어떻길래 그리 꽁꽁 숨어 있는지 보고 싶군. 당신한테는 열쇠를 달라고 해봐야 소용없을 테고. 이 판때기 같은 문짝 정도는 안쪽으로 밀어내 버리면 그만이야. 어이, 누구 없나!

백작부인   하인들 불러들이고 의심을 추문으로 굳혀서 이 성채 안에서 웃음거리라도 되려는 거예요?

백작   좋소, 부인. 나 혼자서도 충분하니까. 당장 내 방에 가서 필요한 것들을 가져오지. (그는 걸어서 나갔다가 다시 돌아온다.) 모든 게 이 상태 그대로 있어야 하니, 당신도 나를 따라오시오. 내키지 않겠지만 조용히, 소란 피우지 말고 …. 이 간단한 일까지 거부하진 않겠지!

백작부인   (당황해서) 누가 당신 뜻을 거스르겠어요?

백작   아 참! 하녀들 방으로 통하는 문이 어디였더라? 거기도 잠가 둬야겠지. 당신의 결백을 입증하려면 말이오.

(그는 안쪽에 있는 문으로 가서 잠그고, 열쇠를 빼낸다.)

백작부인   (방백으로) 오 하느님! 내가 경솔했어!

백작   (그녀한테로 돌아와서) 이제 문이란 문은 모조리 닫았으니, 내 팔을 잡으시오. (목청을 높여) 쉬잔은 옷방에서 얌전히 기다리고 있거라. 내가 돌아왔을 때, 너한테 화가 미칠지도 모르니 ….

백작부인   정말이지, 여보, 불쾌하기 짝이 없는 짓이에요.

(백작은 그녀를 데리고 나가고 열쇠로 문을 잠근다.)

14장
쉬잔, 셰뤼뱅

쉬잔 (침대에서 나와 옷 방으로 달려가서 자물통에 대고 말한다.) 문 열어 봐요, 셰뤼뱅, 어서 열라고요. 쉬잔이에요. 문 열고, 어서 나와요.

셰뤼뱅 (나오면서) 아! 쉬종, 오금이 다 저렸어!

쉬잔 어서 나가요. 허비할 시간 없으니.

셰뤼뱅 (겁에 질려) 어디로 나가라는 거야?

쉬잔 몰라요, 아무튼 나가야 돼요.

셰뤼뱅 출구가 없는데?

쉬잔 먼젓번 일도 있고 해서, 나린 가만두지 않을 거예요. 그럼 우린 끝장이라고요. 어서 가서 피가로한테 얘기해 봐요.

셰뤼뱅 정원 쪽 창문은 그리 높지 않을 듯싶기도 한데.
                                        (그는 뛰어가서 내다본다.)

쉬잔 (공포에 질려) 충고가 이렇게나 높았어! 말도 안 돼. 불쌍한 우리 마님! 내 결혼도 물 건너갔구나!

셰뤼뱅 (돌아와서) 저쪽 창은 참외밭 쪽으로 나있으니. 한두 개 뭉갤 생각하고 ….

쉬잔 (그를 말리며 외친다.) 자살이라도 할 참이에요?

셰뤼뱅 (격해져서) 불구덩이 속으로라도 뛰어들어야지 별 수 있어. 쉬종. 마님을 힘들게 하느니 …. 나한테 행운의 키스나 해줘.

(그는 그녀에게 입 맞추고, 창문으로 뛰어내린다.)

15장

쉬잔(혼자서)

쉬잔 (두려움에 소리친다.) 아! (잠시 주저앉았다가 그녀는 창가로 가서 마지못해 내다보고는 다시 돌아온다.) 벌써 멀찌감치 달아났네. 말썽쟁이가 따로 없어! 귀여운 녀석이 날래기도 하지! 여자 문제만 아니면 … 어서 저 녀석이 있던 곳에 가 있어야겠지. (옆 방으로 들어간다.) 나리, 이제 벽이든 뭐든 닥치는 대로 다 부숴버리시든가요.

(문을 걸어 닫는다.)

16장

백작, 백작부인 (방으로 들어온다.)

백작　(손에 펜치를 들고 들어와 소파 위에 던진다.) 아까 그대로군.
　　　부인, 저 문을 부수기 전에 뒷일을 좀 생각해보는 게
　　　어떻겠소. 당신이 직접 열어보시오?

백작부인　아무리 기분이 언짢기로서니 부부 사이를 이렇게
　　　엉망으로 만들다니요? 나에 대한 사랑이 지극해서 이처
　　　럼 격분하는 거라면, 그게 설령 터무니없다 해도 용서하
　　　겠어요. 연유가 그러하니 나를 욕보이는 것쯤은 참을
　　　수 있다고요. 하지만 단지 자존심 때문에 점잖은 양반이
　　　이런 예의에 어긋나는 일을 하시다니요?

백작　사랑이고 자존심이고 간에 문이나 열어 보시오. 아니면,
　　　내가 당장에 ….

백작부인　(그 앞을 막아서며) 그만 하세요, 제발요. 내가 본분도
　　　저버리는 그런 여자라는 거예요?

백작　좋을 대로 생각하시오, 부인. 좌우지간 나는 이 방안에
　　　누가 있는지 봐야겠소.

백작부인　(겁에 질려) 보세요. 제 얘길 먼저 들어 보세요 ….
　　　진정하시고.

백작　옳거니, 쉬잔이 아닌 모양이군.

백작부인 (머뭇거리며) 적어도 당신이 털끝만큼이라도 불안해
할 사람은 아니에요…. 오늘 저녁에 있을 잔치 준비를
하면서 우리는 그저 순수하게 장난을 하고 있었다고요
…. 맹세해요.

백작 맹세한다고?

백작부인 우리 둘 다 당신을 모욕할 생각은 눈곱만큼도 없었어
요.

백작 (득달같이) 우리 둘 다? 남자란 얘기렷다?

백작부인 어린애일 뿐이에요.

백작 대체 누군데?

백작부인 어찌 감히 이름을!

백작 (격분해서) 죽여버리고 말겠어.

백작부인 어쩌지!

백작 어서 말해보시오!

백작부인 그 애송이 … 셰뤼뱅이요.

백작 셰뤼뱅이라고? 건방진 놈 같으니라고! 내 그럴 줄 알았어.
그 쪽지 내용이 맞았군!

백작부인 (두 손을 마주하고) 그렇게 생각하시면 안 돼요.

백작 (발을 구르며, 방백으로) 지구 끝까지 가서라도 그 돼먹지
않은 시동 놈을 찾아내고 말겠어. (목청을 높여) 자, 부인,
문을 열어보시오. 이제야 전모를 알겠군. 오늘 아침 내가

그 녀석을 쫓아냈을 때 당신이 마음 아파하지 않은 이유
를 말이오. 그 녀석이 내 명령에 따라 순순히 출발하기만
했어도, 당신이 그렇게 거짓으로 쉬잔 이야기를 꾸며내
지 않아도 됐을 거고, 그 녀석도 지은 죄가 없으니 그렇게
꽁꽁 숨어 있을 필요가 없었을 텐데.

백작부인   그 아인 공연히 당신 눈에 띠어 당신 화를 돋울까
겁이 난 거예요.

백작   (이성을 잃고 옷 방을 향해 벼락같이 소리를 내지른다.) 냉큼 나오지
못할까, 괘씸한 놈!

백작부인   (두 팔로 백작의 허리 부분을 잡고 그를 끌어당기며) 여보,
이렇게 노발대발하시니 저 아이가 무서워 옴짝달싹도
못 하잖아요. 제발 터무니없는 의심은 버리세요. 혹여
단정치 못한 광경을 보시더라도요.

백작   단정치 못한 광경이라고!

백작부인   그래요! 여장을 하려던 참이었거든요, 머리에는
내 모자를 쓰고, 겉옷은 안 걸치고, 앞섶은 풀어진 채,
팔을 드러내놓고 있을 거예요. 막 입고 있던 참이라…….

백작   그래서 그렇게 당신이 방을 필사적으로 사수하려 한
거로군! 뻔뻔스런 여자! 아! 그럼 계속 지켜보시지…….
오래오래. 하지만 어디서고 그 건방진 놈 꼴 안 보게
먼저 쫓아내야겠어.

백작부인   (무릎을 꿇고, 팔을 들어 올리며) 여보, 어린아이니 좀 너그럽게 봐주세요. 그렇게 되면, 제 체면이 뭐가 되겠어요.

백작   당신이 말리면 말릴수록 그 녀석 죄가 더 커지는 거요.

백작부인   그 아인 죄가 없어요. 이미 떠난 아일, 다시 불러들인 건 저예요.

백작   (격분해서) 일어나시오. 물러가시오. 감히 내 앞에서 다른 놈 역성을 들다니!

백작부인   알았어요, 물러갈게요. 여보, 일어날게요. 옷 방 열쇠도 건네 드릴게요. 하지만 당신이 제게 예전에 품었던 사랑을 봐서라도….

백작   내 사랑을 봐서라도! 배신자 주제에!

백작부인   (일어서서 그에게 열쇠를 건넨다.) 그 애한테 해코지하지 않고 그냥 보내주겠다고 약속해주세요. 용납이 안 되시더라도…. 노여움은 저한테 푸시고요.

백작   (열쇠를 빼앗아) 아무 말도 안 듣겠소.

백작부인   (소파에 쓰러져, 눈가에 손수건을 갖다 대며) 오, 하느님! 그 아인 죽게 되는 건가요!

백작   (문을 열고는 뒤로 물러선다.) 쉬잔!

17장
백작부인, 백작, 쉬잔

쉬잔 (웃으면서 나온다.) "그놈을 죽여 버릴 거야, 죽여 버릴 거야." 이 못돼먹은 시동을 어디 한번 죽여 보시지요.

백작 (방백으로) 내가 지금 무슨 짓을 한 거지! (어리둥절한 채로 있는 백작부인을 쳐다보며) 당신도, 놀란 척 연기하는 거요? …. 어쩌면 쉬잔 혼자 있던 게 아닐 수도 있지.

(그는 들어간다.)

18장
백작부인(앉아 있다), 쉬잔

쉬잔 (자기 주인에게 달려가서) 마님, 정신 차리세요. 그 녀석은 멀리 달아났어요. 창으로 뛰어 내려서요 ….

백작부인 아, 쉬종, 죽다 살아난 기분이야.

19장
백작부인(앉아 있다), 쉬잔, 백작

백작 (혼란스런 표정으로 옷 방에서 나온다. 잠시 침묵을 지키다가) 아무도 없어. 이번엔 내가 틀린 것 같군. 부인 … 정말 연기 한 번 대단하오.

쉬잔 (명랑하게) 저는요, 나리?

　　　(백작부인은 정신을 차리기 위해 입가에 손수건을 대고 아무 말도 하지 않는다.)

백작 (가까이 다가가며) 부인, 장난한 거였소?

백작부인 (차츰 정신이 돌아와서) 안 될 게 뭐 있나요.

백작 지독하군. 이유가 뭐요?

백작부인 그렇게 심한 짓을 하고도 동정을 바라시는 거예요?

백작 내 명예가 걸린 일인데 심한 짓이라고!

백작부인 (서서히 자신감을 찾으며) 평생을 당신의 질투와 냉대에 시달리려고 내가 결혼한 줄 아세요?

백작 아, 부인, 도통 봐주는 게 없구면.

쉬잔 마님, 나리께서 하인들을 부르시게 내버려둘 걸 그랬어요.

백작 네 말이 맞다. 망신살이 뻗칠 뻔했구나. 용서하시오, 부인, 내가 착각을 한 모양이오.

쉬잔 나리, 어쨌거나 착각했다고 인정하시기는 하는 거죠.

백작 그건 그렇고, 내가 부를 때 넌 왜 안 나온 거냐? 괘씸한 것.

쉬잔 핀을 여기저기 꽂으면서 옷을 입느라 정신이 없었거든요. 마님께서 못 나오게 하신 것도 다 이유가 있었던 거라고요.

백작 내 잘못만 그렇게 꼬집을 게 아니라 너도 마님 진정시키는 데 힘을 좀 보태야지.

백작부인 아뇨. 이런 모욕은 쉽사리 덮고 넘어갈 만한 게 아니에요. 우르술린 수녀원에 들어가 틀어박혀 있으려 했는데, 지금이 바로 그때인 것 같군요.

백작 미련 없이 떠날 수 있겠소?

쉬잔 물론, 떠나는 날에야 눈물바람을 좀 하시겠죠.

백작부인 과연 그럴까, 쉬종? 설령 나중에 후회할지언정 비굴하게 그를 용서하지는 않을 테야. 당한 수모가 얼만데.

백작 로진! ….

백작부인 난 이제 당신이 옛날에 그토록 열렬히 쫓아다닌 그 로진이 아니에요. 난 그저 불행하기 짝이 없는 알마비바 백작부인, 당신의 사랑을 잃고 버림받은 가련한 여인일 뿐이라고요.

쉬잔 마님!

백작 (간청하며) 한 번만 아량을 베풀어주시오!

백작부인 그러는 당신은 언제 나한테 아량을 베풀어준 적이 있었던가요?

백작 하필 그 쪽지가 … 그 쪽지 때문에 피가 거꾸로 솟는 바람에.

백작부인 내 허락을 받고 쓰인 게 아니잖아요.

백작 당신도 알고 있었소?

백작부인 피가로가 경솔하게 꾸민 짓이에요.

백작 피가로 짓이라구?

백작부인 그걸 바질한테 은근슬쩍 건넸다고 하더군요.

백작 바질은 어떤 농부한테서 건네받은 거라고 했는데! 역시! 딴따라는 믿을 게 못 돼! 간에 붙었다 쓸개에 붙었다하는 인간이었어! 당신은 두 놈 다한테 사례를 했겠군.

백작부인 당신은 남의 잘못을 용서하는 데는 인색하면서 자기 잘못은 천연덕스럽게 잘도 용서를 구하는군요? 그 게 바로 당신네 남자들이죠. 그 쪽지에 깜빡 속아 넘어간 실수는 용서해드릴 테니, 당신도 그 일에 연루된 사람들 모두 용서해주세요.

백작 좋소! 그렇게 하리다, 부인. 그럼 그 부끄러운 과오는 어떻게 바로 잡아야겠소?

백작부인 (일어서며) 과오라면 양쪽 모두에게 있긴 하죠.

백작 아! 전적으로 내 탓이었다고 말해주오. 어떻게 여자들은 형편에 따라 그렇게 순식간에 눈 하나 깜빡 안 하고 표정과 어조를 싹 바꾸는지, 대단해. 당신만 해도, 얼굴이 빨개졌다가 눈물을 뚝뚝 흘렸다가 했잖소. 당신 안색도 초췌했다고 …. 아직도 썩 좋은 것 같지는 않지만.

백작부인 (웃으려 애쓰며) 내 얼굴이 빨개진 건 … 당신 의심에 부아가 나서 그런 거죠. 그런데 얼마나 무디면, 당신네 남자들은 정직한 사람이 모욕을 당해 느끼는 분노와 그럴 만해서 비난받은 사람이 당황하는 것도 구별을 못 하나 요?

백작 (웃으면서) 셰뤼뱅 녀석이 벌거벗다시피 흐트러져 있는 모습이라고 하니까 ….

백작부인 (쉬잔을 가리키며) 당신 눈으로 저 아이를 보니 어떠세요, 다른 누가 아니라 저 아이라서 더 흡족한 건 아니고요? 평소에 저 아이 만나는 걸 꺼려하지는 않았지 싶은데요.

백작 (좀 더 큰 소리로 웃으며) 그 절절한 애원이랑, 눈물 연기하며 ….

백작부인 저를 웃게 하려는 모양이지만, 전 별로 웃고 싶지 않네요.

백작 우리 남자들은 우리가 정치적 술수에 아주 능한 줄 알지만. 실제로는 그저 어린아이 수준일 뿐이야. 국왕께 서 런던 주재 대사로 파견했어야 할 사람은, 부인, 당신네 여자들인 것 같군. 당신네들은 목적 달성을 위해서라면 주도면밀하게 연구해서 아주 기막힌 연기술을 구사하니 말이요.

백작부인 우리를 그렇게 만든 장본인이 당신네들인 거 몰라요?

쉬잔 여자들 말에 귀를 기울여보세요. 그럼, 우리가 얼마나 양식 있는 사람들인지 아실 테니까요.

백작부인 이쯤해서 그만 하죠. 나도 좀 과했던 것 같으니. 하지만 그냥 넘길 수 없는 이런 문제에 내가 아량을 보여주었으니, 당신도 그래야겠죠.

백작 그럼 날 용서한다고 다시 한번 말해주시오.

백작부인 내가 언제 용서한다고 말한 적 있었니, 쉬종?

쉬잔 저는 들은 바 없는데요, 마님.

백작 좋소. 지금 말하기는 싫으시다.

백작부인 당신이 그럴 자격이 있다고 생각해요, 염치없는 양반 같으니.

백작 그럼, 진심으로 후회하고 있으니까.

쉬잔 옷 방에 남자가 있다고 의심하셨잖아요!

백작 그 점은 충분히 호되게 죗값을 치른 것 같은데.

쉬잔 마님이 저라고 하시는 데도, 나리께선 믿지 않으셨잖아요!

백작 로진! 당신, 이리도 매정한 사람이었소?

백작부인 아! 쉬종! 어찌 이리도 마음이 약한지! 내가 너한테 안 좋은 본을 보이는구나! (백작에게 손을 내밀며) 앞으론 여자들이 화를 내도 눈 하나 까딱 안 할 듯싶구나.

쉬잔 어쩔 수 없죠! 마님, 남자들이랑은 언제나 그렇게 되고 만다니까요.

(백작은 부인의 손에 열렬히 키스한다.)

20장
쉬잔, 피가로, 백작부인, 백작

피가로 (숨을 헐떡이며 들어온다.) 마님께서 편찮으신 줄 알고 쏜살같이 달려왔습니다만, 별일 없어 보이니 다행입니다.

백작 (건조하게) 자상하기도 해라!

피가로 그게 제 소임이니까요. 나리, 아무 일 없는 것 같아 말씀드리는데, 남녀 할 것 없이 젊은 종복들 모두가 바이올린과 백파이프를 들고 저와 쉬잔이 오기를 목 빠지게 기다리고 있습니다. 허락해주십시오.

백작 그럼 성에서 마님은 누가 돌봐드리고?

피가로 돌봐드린다고요? 마님은 편찮으시지도 않은뎁쇼.

백작 어디가 아픈 건 아니지만. 지금은 안 보이지만 혹시라도 부인한테 치근덕대는 그놈이 나타나기라도 하면 어쩌고?

피가로　안 보이는 어떤 놈 말씀이신지?

백작　네 놈이 바질한테 건넨 쪽지의 주인공 말이다.

피가로　제가 그랬다고 누가 그랬습니까?

백작　내가 언제까지 모를 줄 알았느냐, 이 사기꾼 같은 놈! 네놈 표정만 봐도 거짓말이란 걸 단박에 알 수 있거늘.

피가로　그렇다 해도, 거짓말 하는 건 제가 아니라 제 표정이지요.

쉬잔　가엾은 피가로, 더 이상 되지도 않는 변명할 필요 없어. 우리가 이미 다 말씀드렸어.

피가로　뭘 말씀드렸는데? 날 바질 같은 인간이랑 동급으로 생각하는 거야!

쉬잔　나리께 쪽지를 쓴 사람이 당신이라고, 나리께서 들어오셨을 때 내가 갇힌 옷 방에 있던 사람이 실은 셰뤼뱅이라고 믿게 하려고 말이야.

백작　뭐라 대꾸해보시지?

백작부인　더 이상 감출 필요 없어요, 피가로, 장난은 끝났으니까.

피가로　(알아보려 애쓰며) 장난이 … 끝났다고요?

백작　그래, 끝났지. 더 할 말 있나?

피가로 제 결혼식 말씀을 드리고 싶은데요, 나리께서 명하시면
⋯.

백작 쪽지 건은 시인하는 거고?

피가로 마님도 쉬잔도, 나리께서도 제가 했다고 하시니, 인정
해야지 별 수 있겠습니까. 하지만 제가 만일 나리라면,
전 한마디도 믿지 않을 겁니다.

백작 속이 빤히 보이는 데도 여전히 거짓말이로구나! 내
화를 더 돋울 셈이냐.

백작부인 (웃으며) 가엾은 피가로! 왜 그렇게 당신은 이 사람한테
서 자백을 받아내려는 거예요?

피가로 (쉬잔에게 목소리를 낮춰) 난 나리께 위험을 경고했을 뿐이
라구. 충복이라면 마땅히 해야 할 일이지.

쉬잔 (작은 목소리로) 당신, 셰뤼뱅 봤어?

피가로 (작은 목소리로) 아직까지도 오금을 못 펴고 있더라고.

쉬잔 (작은 목소리로) 저런, 가엾기도 해라!

백작부인 저들은 빨리 합치고 싶어서 몸이 달아 있다고요.
조바심 내는 것도 당연하죠. 결혼식에 가도록 할게요.

백작 (방백으로) 그런데, 마르슬린, 마르슬린은 어딨는 거지?
(큰 소리로) 그래도 옷은 갈아입고 가야하지 않겠소.

백작부인 하인들 잔치인데요! 나도 그래야 하나요?

21장

피가로, 쉬잔, 백작부인, 백작, 앙토니오

앙토니오 (반쯤 취한 모습에. 짓이겨진 비단향꽃무 화분을 들고서) 나리! 나리!

백작 무슨 일인가, 앙토니오?

앙토니오 이번에야말로 제 밭고랑 쪽으로 난 창에 창살을 설치하셔야겠습니다. 온갖 것들을 창밖으로 내던져대니 원. 방금 전에는 사람까지 던지던뎁쇼.

백작 이 창문으로 말이냐?

앙토니오 보십시오. 제 비단꽃향무를 엉망으로 만들어놨습니다요.

쉬잔 (피가로에게 속삭인다.) 정신 차려, 피가로! 정신 바짝 차려야 돼!

피가로 나리, 아침부터 술기운에 해롱대는뎁쇼!

앙토니오 무슨 소리. 어제 마신 술기운의 여파가 조금 남아 있을 뿐이야. 넘겨짚지 말라고.

백작 (불같이 화내며) 그 녀석이야! 그 녀석! 그놈은 어디 있느냐?

앙토니오 어디 있느냐고요?

백작 그래.

앙토니오   제 말이요. 그 녀석을 찾아내야지요. 저는 나리의
종복 아닙니까. 이 정원을 가꾸는 건 저뿐인데, 어떤 망할
놈이 떨어졌으니, 아시겠지만, 제 체면이 말씀이 아니게
된 거지요.

쉬잔   (피가로에게 속삭인다.) 화제를 돌려봐, 돌려보라고.

피가로   술은 쭉 계속할 셈입니까?

앙토니오   난 술을 안 마시면, 사람이 과격해지거든.

백작부인   그렇다고 마시고 싶은 생각도 없는데 마셔대는
건 ….

앙토니오   목마르지 않아도 마실 수 있고, 아무 때나 사랑도
할 수 있고, 마님, 이런 게 우리가 다른 동물들과 다른
점 아니겠습니까.

백작   (격하게) 질문에 대답이나 해 보거라. 아니면 쫓아낼 테니.

앙토니오   그런다고 제가 순순히 물러날 줄 아십니까?

백작   뭐라고?

앙토니오   (이마에 손을 얹고) 설령 나리께서 건실한 하인을 품지
못하신다 해도, 저는 훌륭하신 주인님 곁을 떠나는 우를
범하지는 않을 생각입니다.

백작   (화가 치밀어 그를 흔들며) 네 말은 그러니까 누군가 이
창문으로 어떤 놈을 집어던졌다 이거렷다?

앙토니오   그렇습니다, 나리. 방금 전에 흰색 겉저고리를 입은

어떤 녀석이, 뛰어서 내빼던뎁쇼.

백작 (조바심치며) 그리곤?

앙토니오 저도 뒤쫓아 가려고 했습죠. 그런데, 철책에 손이
부딪혀 혹이 생기는 바람에 발도 손가락도 꼼짝할 수
없게 됐지 뭡니까.

(손가락을 들어 보인다.)

백작 그래도 그놈이 누군지 정도는 알아봤겠지?

앙토니오 아! 그럼요 …. 그런데 제가 그자를 본 적이 있었으면
모를까.

쉬잔 (피가로에게 속삭인다.) 본 적은 없나봐.

피가로 참 내, 꽃 화분 하나가지고 법석 떨기는! 투덜이양반,
도대체 그깟 비단꽃향무가 얼마나 간다고 그러십니까?
나리, 굳이 찾아내려고 애쓰실 필요 없습니다. 뛰어내린
건 저니까요.

백작 뭐라고, 자네라구?

앙토니오 "투덜이 양반, 도대체 그깟 비단꽃향무가 얼마나
간다고 그러십니까?" 그때부터 몸이 불기라도 했나? 난
훨씬 작고 호리호리한 줄 알았는데.

피가로 당연하죠, 뛰어내릴 땐 몸을 웅크리니까.

앙토니오 내 기억엔 훨씬 왜소한 체구의 시동 같았는데.

백작 세뤼뱅을 말하는 건가?

피가로   그런가 봅니다. 이미 세비야에 가 있는 사람이 일부러 말을 타고 돌아왔단 말이오.

안토니오   오! 아니, 제 말은 그게 아니라. 그게 아니고요. 말에서 내리는 건 보지 못했다 이 말씀이죠.

백작   정말 짜증나는군.

피가로   제가 흰색 저고리 차림으로 내실에 있었습니다. 어찌나 덥던지! … 거기서 쉬잔을 기다리고 있었죠. 그때 느닷없이 나리 목소리하고 뭔가 우당탕탕 하는 소리가 들려오더군요. 쪽지 건도 있고 해서 그랬는지 왠지 모르게 덜컥 겁이 나더라고요. 그래서 어리석게도 앞뒤 안 재고 고랑 위로 펄쩍 뛰어내린 겁니다. 그러다 오른발을 삐끗했고요.
                              (그는 자신의 발을 문지른다.)

안토니오   그게 자네라고 하니 자네가 뛰어내리면서 흘린 종이 쪼가리를 돌려줘야겠군.

백작   (잽싸게 달려들며) 이리 줘 보게.
                              (그는 종이를 펴보고 다시 접는다.)

피가로   (방백으로) 꼼짝없이 걸렸는데.

백작   (피가로에게) 아무리 겁이 났어도 이 종이의 내용까지 잊어버리진 않았겠지, 이게 어떻게 자네 호주머니에 있게 됐는지도?

피가로   (당황해서. 자신의 호주머니 속을 뒤지고. 거기서 종이쪼가리들을 꺼낸다.) 아무렴, 잊을 리가요⋯. 그런데 워낙 종이 나부랭이들이 많아서. 하나같이 처리를 해야 할 것들이죠⋯. (그는 종이 쪼가리 하나를 살펴본다.) 이건가? 아! 이건 네 장짜리 마르슬린의 편지고. 필체 한번 근사하군! 이건 감옥에 간 불쌍한 밀렵꾼의 탄원서였던가? ⋯. 아니, 그건 이거네 ⋯. 가만있자, 이쪽 주머니에는, 성 별채의 가구 목록이 있었는데⋯.

> (백작은 자신이 쥐고 있던 종이를 다시 펴본다.)

백작 (쉬잔에게 작은 목소리로) 저런! 쉬종, 이건 장교발령장인데.

쉬잔 (피가로에게 작은 목소리로) 이제 글렀어. 장교발령장이야.

백작 (종이를 다시 접으며) 어디 수완가 양반, 알아맞혀 보시게나?

앙토니오 (피가로에게 다가오며) 나리께서 말씀하시잖아, 알아맞혀보라고!

피가로 (그를 밀치며) 젠장, 몹쓸 인간, 턱으로 들이받겠군!

백작 이게 뭔지 기억을 못 하나 본데?

피가로 아이고! 불쌍한지고! 그 가엾은 아이의 발령장일 겁니다. 저한테 주었었는데, 돌려주는 걸 그만 깜빡했네요. 정신머리가 없어서! 발령장 없이 그 아이가 뭘 하겠습니까. 당장 뛰어가서 건네 줘야겠는뎁쇼⋯.

백작 그 아이가 왜 자네한테 그걸 줬지?

피가로 (당황해서) 그게 ⋯. 거기다 뭘 해주기를 바랐었거든요.

백작 (종이를 들여다보며) 빠진 게 없는데.

백작부인 (쉬잔에게 작은 목소리로) 인장.

쉬잔 (피가로에게 작은 목소리로) 인장이 없대.

백작 (피가로에게 작은 목소리로) 대답 안 할 텐가?

피가로 실은 빠진 게 하나 있죠. 그 아이 말로는 그게 관행이라
고 ….

백작 관행! 관행이라니! 무슨 관행?

피가로 나리, 군대의 인장이 들어가는 거 말입니다. 꼭 그럴
필요가 있는 건 아니라고.

백작 (종이를 다시 펴보고 화가 치밀어 구겨버린다.) 나도 모르게 작성
된 거로군. (방백으로) 피가로 녀석이 일을 이렇게 꾸민
게 틀림없어, 혼내줄 방법이 없을까!

(그는 분해서 나가려 한다.)

피가로 (그를 가로막으며) 나리, 가시더라도 제 결혼식에 대해
뭔가 지시는 내리고 나가셔야지요!

22장

바질, 바르톨로, 마르슬린, 피가로, 백작, 그립－솔레이유,
백작부인, 쉬잔, 앙토니오, 백작의 하인들과 종복들

마르슬린 (백작에게) 나리, 지시를 내리시면 안 됩니다! 저 사람의
청을 들어주시기 전에, 공정하게 처리해주셔야 합니다.
피가로는 저와 계약을 맺은 게 있습니다.

백작 (방백으로) 드디어 복수를 할 때가 왔군.

피가로 계약이라니! 무슨 계약 말이오? 말씀해보시지요.

마르슬린 하지요, 하고 말고요, 못 믿을 사람!

　　　　　　(백작부인은 소파에 앉아 있고. 쉬잔은 그녀 뒤에 있다.)

백작 뭐가 문제요, 마르슬린?

마르슬린 결혼의 책무에 관한 것이지요.

피가로 돈 빌린 걸 증명하는 차용증일 뿐입니다.

마르슬린 (백작에게) 저와 결혼한다는 조건하에 작성된 차용증
이지요. 나리께서는 대 귀족이시고, 이 지방의 최고재판
관이시니 ….

백작 법정에 출두하도록 하시오. 양측에 공정하게 재판을
진행할 테니.

바질 (마르슬린을 가리키며) 재판장님, 이 건에서 마르슬린에
대한 제 권리도 정해주시겠습니까?

백작 (방백으로) 아! 젠장 그 빌어먹을 편지 건으로 생색을
내시겠다.

피가로 여기 미친놈이 또 하나 있군!

백작 (화가 나서 바질에게) 권리라고! 권리! 내 앞에서 입을 잘도

놀려대는군, 엉터리 선생!

앙토니오 (손뼉을 치며) 맹세코 쪽지를 흘린 건 저자가 아닙니다. 틀림없이 그놈이었다니까요.

백작 마르슬린, 법정에서 공개적으로 당신의 문서에 대한 면밀한 조사가 이루어질 때까지 모든 것을 연기할 거요. 의로운 바질 선생! 충실하고도 믿을 만한 중개인 자격으로, 읍내에 가서 법원 인사들을 불러오시오.

바질 마르슬린 건을 위해서 말입니까?

백작 그리고 쪽지를 전한 농부도 데려오시오.

바질 누군지 모르는뎁쇼.

백작 발뺌을 할 셈이요!

바질 저는 그런 심부름이나 하려고 성에 들어온 게 아닙니다.

백작 그럼 뭐 하러 왔소?

바질 이 마을 제일의 오르간 주자로서 마님께 하프시코드를 보여드리고 마님의 하녀들한테 노래 부르는 법을, 하인들에게는 만돌린 연주법을 가르치러 온 겁니다. 나리께서 명하시면 제 기타로 나리의 가솔들을 즐겁게 해드리는 게 제 임무이기도 하고요.

그립-솔레이유 (앞으로 나오며) 나리, 괜찮으시면, 제가 가겠습니다.

백작 자네 이름과 직책이 뭔가?

그립-솔레이유 그립-솔레이유라고 합니다, 나리. 양치기입니다만, 오늘 혼인잔치에서는 불꽃놀이 준비를 배정받았습니다. 이 지방 법관 사무소라면 어디에 뭐가 있는지 훤히 꿰뚫고 있습죠.

백작 자네 열성이 마음에 드는군. 어서 가 보거라. 그럼 당신, (바질에게) 당신은 저자가 심심하지 않게 길동무 해주면서 기타 연주랑 노래나 불러주시오. 저자도 내 가솔에 속하니.

그립-솔레이유 (기뻐하며) 오! 저는, 저야말로 …?

  (쉬잔은 그에게 백작부인을 가리키며 손으로 그를 진정시킨다.)

바질 (놀라서) 저더러 기타 치면서, 저 양치기를 따라가라굽쇼?

백작 그게 당신 소임이요. 어서 출발하시오, 그게 싫으면, 나가시든가.

  (그는 나간다.)

23장
백작을 제외한 동일한 인물들

바질 (중얼거리며) 막무가내에 당할 재간이 없구먼.

피가로 당신같은 어수룩한 자는 그렇지.

바질 (방백으로) 이참에 저들의 결혼식을 도울 게 아니라, 마르슬
린과 내 결혼이나 확실히 해 둬야겠어. (피가로에게) 내가
못 돌아올 거라 속단하지 마시오.

    (그는 안쪽에 있는 소파로 가서 기타를 집어 든다.)

피가로 (그를 따라가며) 속단이라니! 아무 걱정 말고 가보시지요.
이러니저러니 해도 당신이 돌아올 일은 없을 테니 ….
보아하니 노래 부를 기분은 아닌 듯싶은데, 대신에 내가
시작해 볼까요? 사랑하는 약혼녀를 위해 흥겹게, 음을
좀 높여서 라⋯미⋯라 해볼까.

    (그는 뒷걸음질로 걸으며 세기디야[26] 노래를 부르며 춤을 춘다.
바질이 반주하고, 모두가 그를 쫓아간다.)

(세기디야)

난 돈보다
현명한 쉬종이 좋아요
종 종 종
종 종 종
종 종 종

- -
26_ [역주] 두 사람이 추는 3박자의 스페인 민속춤.

종 종 종

쉬종의 다정함은

내 이성을 마비시키죠

종 종 종

종 종 종

종 종 종

종 종 종

(노래 소리가 멀어져가고, 더 이상 들리지 않게 된다.)

24장
쉬잔, 백작부인

백작부인 (소파에 앉아) 쉬잔, 네 경솔한 애인이 그 쪽지를 가지고 얼마나 깜찍한 연극을 벌였는지 너도 이제 알았겠지.

쉬잔 아! 마님, 제가 옷 방에서 나왔을 때, 마님 표정이 어땠는지 한번 보셨어야 하는데. 순식간에 낯빛이 백지장처럼 새하얘지시더라니까요. 구름이 지나가는 것 같더니만. 그러더니 차츰차츰 벌개지다가, 벌겋다 못 해 새빨개지셨다니까요!

백작부인 그래, 그 아인 창문으로 뛰어내린 거니?

쉬잔 몸도 안 사리고 폴짝 잘도 뛰어내리던데요, 멋진 녀석이 에요! 꿀벌처럼 …. 사뿐히!

백작부인 그건 그렇고 그 심통 사나운 정원사 때문에! 너무 당황한 나머지 뒤죽박죽 정신을 차릴 수가 없더구나.

쉬잔 마님, 전 반대로, 귀부인들의 사교계 예법이라는 게 얼마나 품위 있게 거짓말을 거짓말 같지 않게 해주 는지 확실히 알겠던데요.

백작부인 네가 보기에 나리께서 속아 넘어가신 것 같더냐? 만에 하나 성안에서 그 아이를 보기라도 하면!

쉬잔 그 아이를 꽁꽁 숨겨 둬야죠.

백작부인 속히 그 아이를 내보내야 해. 이번 일로, 너 대신에 그 아이가 정원에 나가는 걸 내가 마뜩찮아 했다고 생각 할지도 모르겠구나.

쉬잔 그렇더라도 저도 갈 수 있는 입장이 아닌 것만은 분명한 데요 뭐. 그래서 제 결혼식이 다시 한번 ….

백작부인 (일어서며) 잠깐 …. 너나 … 다른 누구 말고 …, 내가 나가면 어떨 것 같니?

쉬잔 마님께서요?

백작부인 위험을 감수할 사람이 아무도 없지 않니 …. 그렇게 되면 나리도 잡아떼지 못할 거야 …. 그의 질투에 죗값을 묻고 바람 핀 걸 입증해보이면 …. 그래, 해보는 거야.

첫 번째 위험을 극복하고 나니까 다음 위험에 도전하고 싶어지는구나. 어서 가서 나리께 네가 정원으로 나겠다고 말씀드리렴. 아무도 모르게 ….

쉬잔   아! 피가로한테도요?

백작부인   그럼, 안 돼, 안 되지. 피가로가 알게 되면 이번 일에도 끼어들려 하지 않겠어. 내 벨벳 마스크와 지팡이 좀 가져다주렴. 테라스에 나가서 차분히 생각 좀 해봐야겠구나.

(쉬잔은 옷 방으로 들어간다.)

25장
백작부인

백작부인   (홀로) 너무 무모한 계획인가! (뒤를 돌아보며) 아! 리본끈! 내 예쁜 리본끈! 너를 잊고 있었구나! (그녀는 소파 위에서 리본끈을 집어 들고는 둘둘 감는다.) 이제 내 곁을 떠나지 않을 거지. 너를 보면 그 불쌍한 아이 생각이 나겠지 …. 나리, 당신은 무슨 일을 하긴 한 건가요? 또 나는 지금 무슨 일을 꾸미는 거고?

26장

백작부인, 쉬잔 (백작부인은 자신의 가슴 속에 리본끈을 황급히 쑤셔 넣는다.)

쉬잔   여기 지팡이랑 외투를 가져왔어요.

백작부인   피가로한테 입도 벙긋해선 안 된다고 한 내 말 명심해야 한다.

쉬잔   (흡족해 하며) 마님, 정말 근사한 계획이에요. 저도 생각해 봤는데요. 이 계획이야말로 모두를 화해시키면서 모든 것에 종지부를 찍고, 모든 것을 끌어안는 계획 같아요. 무슨 일이 있어도 이제 제 결혼은 확실해진 거겠죠.

(그녀는 부인의 손에 입을 맞추고 나간다.)

제2막 끝

막간에 하인들이 법정을 준비한다. 변호사용 등받이 있는 의자들을 가져와서, 뒤편으로 통행이 여유롭게 간격을 두고 무대 양쪽에 놓는다. 무대 중앙 안쪽으로 계단 두 개 달린 연단을 설치하고, 그 연단 위에 백작의 소파를 가져다 놓는다.

앞쪽으로는 서기의 책상과 작은 의자를 놓고, 브리두와종과 다른 법관들의 의자는 백작의 연단 양쪽에 놓는다.

제 3 막

무대는 저택에서 법정으로 사용되는 '옥좌의 홀'이라는 이름
의 홀을 보여준다. 홀의 측면에 왕의 초상화가 걸려 있고,
그 위로 보호용 덮개가 달려 있다.

1장

백작, 페드리유(앞이 트인 긴 겉저고리에 장화를 신고, 봉인된 꾸러미
를 들고 있다.)

백작　(재빨리) 내 말 잘 알아들었겠지?

페드리유　네, 나리.

(그는 나간다.)

2장

백작(혼자서, 소리 지른다.)

백작　페드리유?

3장

백작, 페드리유(다시 돌아온다.)

페드리유　네, 나리?

백작　널 본 사람은 없겠지?

페드리유　사람이라곤 그림자도 못 봤는뎁쇼.

백작   바르바리아 말을²⁷ 타고 가거라.

페드리유   안장을 얹어 채소밭 담장에 매어 두었습죠.

백작   세비야까지 한달음에 가야한다.

페드리유   거리라고 해봐야 고작 30리 반 정도고,²⁸ 가는 길도
식은 죽 먹기인 걸요.

백작   도착한 즉시 그 시동 녀석이 거기 있는지 알아 봐야
한다.

페드리유   숙소에 말입니까?

백작   그래, 그리고 언제부터 있었는지도.

페드리유   알겠습니다.

백작   그 녀석한테 발령장을 던져주고 속히 돌아오면 된다.

페드리유   만약 그자가 없으면요?

백작   속히 와서 나한테 보고해야지. 자, 어서 가 보거라!

4장

백작(혼자 생각에 잠겨 이러 저리 걷는다.)

27_   [역주] 아랍종 말을 일컬음.

28_   [역주] 원래는 3lieue로 표기되어 있다. 지금의 거리 단위로 4km에
해당된다. 우리의 옛 거리 단위인 리로 표기하면, 30.5리 정도의
거리다.

백작 바질을 딸려 보내는 게 아니었는데! 발끈하면 일을 망치는 법이거늘! 바질이 건네준 쪽지에 따르면 로진에게 수작을 부리는 자가 있다잖아. 내가 들어섰을 때 쉬잔은 숨어 있었고, 부인은 진짠지 가짠지 잔뜩 겁에 질린 듯 보였는데, 누군 와서 어떤 녀석이 창문으로 뛰어내렸다 하고, 또 어떤 녀석은 그게 바로 자기라고 우겨대고. 도무지 종잡을 수가 없네. 뭔가 구린 데가 있어…. 종복이란 놈들이야 원래 제멋대로인 족속이니까, 이런 천한 놈들한테 뭐가 중요하겠어? 그들이야 그렇다 치고 부인은! 어떤 시건방진 놈이 들이대는 거라면…. 내가 지금 뭐라 횡설수설하는 거지? 원래 울화가 치밀면, 얌전히 자제되던 상상력도 꿈결처럼 미쳐 날뛰긴 하지. 그런데 부인도 은근히 즐기는 것 같더란 말이야. 쥐는 궁지에 몰려도 짜릿한 쾌감을 놓지 않는다더니! 부인은 적어도 체통은 지킬 줄 아는 사람인데. 그럼, 내 체통은… 대체 내 체통은 뭐가 되느냐 말이야? 내 체통은 땅바닥에 떨어지는 거지. 여우같은 쉬잔이 내 비밀을 발설하기라도 했으면? …. 아직은 아닐 거야…. 난 왜 이렇게 욕망에 휘둘리는 걸까? 수도 없이 어떻게든 마음을 다잡아보려 했건만. 마음이 무른 게 사달이야! 밀고 당기는 신경전만

없었어도, 그 아이한테 그렇게 앞뒤 생각 없이 매달리진 않았을 텐데. 피가로 녀석은 항상 사람을 기다리게 한단 말이야! 녀석을 찬찬히 뜯어봐야겠어. 말을 건네면서 쉬잔을 향한 내 감정을 알고 있는지 아닌지도 은근슬쩍 떠보고.

5장
백작, 피가로

피가로　(방백으로) 마침내 단 둘이 있게 됐군!

백작　… 피가로 녀석이 그 아이한테서 한 마디라도 듣게 되는 날에는….

피가로　(방백으로) 내 그럴 줄 알았지!

백작　… 어떻게든 녀석을 그 늙은 여자랑 결혼시켜야겠는데.

피가로　(방백으로) 바질의 사랑타령은 어쩌고?

백작　… 그 아이를 어찌 할지는 그러고 나서 생각해 보자고.

피가로　(방백으로) 아! 제 아내 말씀인가요?

백작　(몸을 돌리며) 뭐야? 무슨 일이냐?

피가로　(앞으로 다가가며) 나리의 분부를 받잡고자 왔습지요.

백작　그럼 좀 전에 그 말은 무슨 소리지?

피가로   아무 말도 안 했는뎁쇼.

백작   (따라한다.) "제 아내 말씀인가요?"

피가로   그건 제가 대답 끝에 붙이곤 하는 간투사 같은 거지요. "괜찮으시면, 제 아내한테 가서 말씀하시죠"라고나 할까요.

백작   (이리저리 거닐며) "괜찮으시면"이라고! 부른 지가 언젠데 왜 이제야 온 게냐?

피가로   (자신의 옷차림을 매만지는 시늉을 하며) 밭고랑 위로 뛰어내리는 바람에 옷이 엉망이 되어서요. 갈아입고 오느라고요.

백작   그렇다고 한 시간이나 걸리나?

피가로   시간이 걸리죠.

백작   이곳 하인들은 옷 갈아입는 데 주인보다 시간이 더 걸리는군.

피가로   그거야 하인들한테는 거들어줄 몸종이 없으니까요.

백작   … 난 자네가 왜 그런 위험을 무릅쓰고 창에서 뛰어내렸는지 통 이해가 안 가는데 ….

피가로   위험뿐일라고요! 산 채로 지옥 불에 뛰어든 거나 다름없었지요 ….

백작   질못 알아들은 척하면서 은근슬쩍 나를 속여 넘기려나 본데, 사기꾼 같은 놈! 내 관심사는 네깐 놈의 위험이 아니라 네놈이 뛰어내린 이유야.

피가로 나리께서 거짓 정보에 홀려 마치 모레나의 급류처럼 모든 것을 뒤엎을 기세로 광분해가지고 어떤 남자를 찾고 계셨잖습니까. 닥치는 대로 문을 때려 부수고, 칸막이벽들을 밀어붙이시면서요! 때마침 거기 있다가 불같이 화내시는 나리를 보고 ….

백작 (말을 가로막으며) 그랬다면, 계단으로 도망갈 수도 있었을 것 아니냐.

피가로 그럼 복도에서 저를 붙잡으셨겠지요.

백작 (분노하여) 복도라구! (방백으로) 이성을 찾아야지, 안 그랬다간 알게 될 것도 놓칠지 모르니까.

피가로 (방백으로) 정신 차리자, 게임은 신중해야 해.

백작 (누그러져서) 내가 하려던 말은 그게 아니긴 하다만, 여하간 이쯤 해 두기로 하지. 그래, 자네를 통신원 자격으로 런던에 데려가려고 했는데 …. 곰곰이 생각해보니 ….

피가로 마음을 바꾸셨나요?

백작 다른 건 둘째 치고 자네는 영어가 안 되지 않나.

피가로 갓-뎀god-dam 정도는 알고 있습죠.

백작 뭐라고?

피가로 갓-뎀 정도는 알고 있다고 했습니다.

백작 그래서?

피가로   영어만큼 훌륭한 언어가 또 어딨겠습니까. 멀리 간다고 많이 알 필요도 없죠. 영국에서는 갓–뎀 한 마디만 하면 만사형통이니까요. 먹음직스런 통통한 닭요리가 땡긴다 싶으면 요릿집에 들어가서 급사한테 '갓–뎀'하면서 이렇게만 제스처를 하면 됩니다. (그는 꼬치를 돌린다.) 그러면 빵 없이 짭조름하게 간이 된 쇠고기 앞다리 살이 척하니 대령될 겁니다. 근사하지 않습니까? 부르고뉴산이나 보르도산 포도주를 한 잔 하고 싶다, 그러면 이렇게만 하면 되고요. (그는 병마개를 따는 시늉을 한다.) '갓–뎀!' 그럼 주석단지에 가장자리로 거품이 말갛게 피어오른 맥주가 제꺼덕 나오죠. 기분이 그만이지요! 어여쁜 여인네가 눈을 내리깔고 팔꿈치는 뒤로하고, 소매부리를 만지작거리며 지나가는데, 만나보고 싶다, 그러면 짐짓 알랑거리듯 입술 위에 손가락 전부를 가져다 대는 겁니다. '갓–뎀'하면서요. 그럼 귀싸대기가 날아오겠죠. 그건 그녀가 알아들었다는 증거가 아니겠습니까. 사실 영국 사람들이 대화하면서 이런저런 말들을 덧붙이기는 하지만 '갓–뎀'이 말의 만능 표현이라는 건 삼척동자도 다 아는 사실이지요. 나리께서 저를 스페인에 남겨 둘 다른 이유가 따로 있다면 몰라도 ….

백작   (방백으로) 런던에는 어지간히 가고 싶은 게로군. 그래서 쉬잔이 말을 안 한 건가.

피가로   (방백으로) 내가 모르는 줄 알고 있나보군. 장난을 좀
더 쳐볼까.

백작   마님이 왜 나한테 그런 장난을 한 거라 생각하느냐?

피가로   그거야 나리께서 저보다 더 잘 알고 계시지 않습니까.

백작   부족하지 않게 모든 걸 미리 챙겨주고, 선물도 넘칠
만큼 안겨주는데 말이다.

피가로   마님께 다 마련해주시긴 하셨지요. 하지만 지조를
버리셨잖습니까. 정작 필요한 게 없는데, 남아도는 것에
만족할 사람이 누가 있겠습니까?

백작   … 예전에는 나한테 뭐든 다 말해주더니만.

피가로   지금도 나리께 숨기는 건 없는데요.

백작   그래, 그렇게 한 편 먹은 대가로 얼마를 챙겨주시더냐?

피가로   마님을 의사선생의 마수에서 빼내올 때[29] 나리께서
저한테 얼마를 주셨더랬죠? 나리, 저희 같은 충직한 하인
을 모욕하지 마십시오. 충직한 하인이 배은망덕한 하인
으로 돌변할 수도 있는 겁니다.

백작   왜 자네가 하는 일엔 언제나 석연치 않은 구석이 있는

· ·

29_ 『세비야의 이발사』에서 바르톨로의 수중에서 로진을 가로채온
걸 가리킴.

걸까?

피가로 흠을 잡자하면 흠집만 보이게 마련이지요.

백작 세간에 자네 평판이 영 좋질 않아!

피가로 평판과 달리 제가 괜찮은 인간일지도 모르잖습니까? 그럼 나리님들은 평판보다 나은 인간이라고 당당히 말할 수 있습니까?

백작 난 자네가 운 좋게 요리조리 피해가는 걸 수도 없이 봐왔지. 결코 정도를 걷는 법이 없고 말이야.

피가로 뭘 원하시는 건데요? 여기 한 무리의 사람들이 있다고 가정해 보죠. 모두들 선두에서 뛰어가고 싶어 합니다. 허겁지겁 서두르고, 밀쳐내고, 팔꿈치로 치고 박고, 자빠지고, 그러다 누군가가 일착으로 도착하겠지요. 그럼 나머지는 깔아뭉개지는 겁니다. 그렇게 되는 게 세상 이치 아닙니까. 그래서 저는 포기하겠다는 겁니다.

백작 이런 행운을 말이냐? (방백으로) 이건 처음 듣는 소린데.

피가로 (방백으로) 이젠 내 차례야. (큰 소리로) 존엄하신 나리께서 제게 도성의 집사 직분을 맡겨주셨지요. 분에 넘치는 행운을 주셨습죠. 하지만 최신 소식을 전달하는 통신원 일은 하지 않을 작정입니다. 대신에 안달루시아에 틀어박혀 제 아내와 오순도순 행복하게 살 참입니다….

백작 누가 자네 집사람을 런던에 못 데려가게 방해하기라도 한다더냐?

피가로　자주 집을 비우게 되면, 결혼생활에 회의가 들지도 모르니까요.

백작　자넨 성격도 좋고 머리도 비상하니, 언젠가 관리직으로 승진할 기회도 있을 거야.

피가로　머리가 좋아 승진한다굽쇼? 제 능력을 만만하게 보시는군요. 능력은 좀 딸려도 굽실거리기만 잘하면, 못 오를 데가 없다던데요.

백작　… 내 밑에서 정치술이란 걸 좀 배우면 불가능한 일은 아니지.

피가로　정치술이라면 이미 꿰고 있는뎁쇼.

백작　영어에서 만능 표현을 아는 것처럼 말이냐!

피가로　자랑할 바는 못 되지만, 그렇습니다. 알면서도 모르는 척하기, 몰라도 전부 아는 척하기, 못 알아들었어도 알아들은 척하기, 들었으면서 못 들은 척하기, 특히 중요한 건, 능력 밖의 일도 할 수 있는 척하는 거죠. 굳이 감출 필요도 없으면서 대단한 비밀인 양 숨기고, 펜대를 다듬으면서도 방문을 잠그고, 말하자면 속 빈 강정인 주제에 생각이 깊은 사람인 양 행세하고, 대단한 인물인 척 훌륭하게 연기하거나 일부러 형편없이 연기하고 말입니다. 첩자를 사방에 심어 놓는 한편 배신자들도 지원해주고,

봉인된 편지는 열어 보거나 중간에서 가로채고, 중대한 목적을 위해 수단의 빈곤함을 부풀리는 것. 뭐 이런 게 정치술 아니겠습니까! 아니면 제 손에 장을 지지겠습니다!

백작 자네가 말한 건, 권모술수라는 거고!

피가로 정치술이건 권모술수건 아무려면 어떻습니까. 그거나 저거나 닮은꼴이니, 정치술인지 권모술수인지 부리려는 치들한테 <훌륭한 왕의 노래> 가사처럼, "사랑하는 님과 함께 살으렵니다"[30]라고 말해주고 싶을 따름입니다.

백작 (방백으로) 가고 싶지 않다는 거군. 듣기론 … 쉬잔이 날 속였군.

피가로 (방백으로) 나리를 속여 넘겨서, 어떻게든 나리 돈으로 빚을 갚아야 하는데.

백작 필시 자네는 마르슬린과의 소송에서 이기고 싶겠지?

피가로 젊은 여자란 여자는 모조리 저희들한테서 채어 가서 놓고 제가 노처녀를 거절했기로서니 그걸 죄로 몰아가시다니요?

백작 (놀리듯이) 법정에서 재판관은 사심을 버리고 오로지 법률에 따라 판결하는 거다.

· ·

30_ 몰리에르의 『인간혐오자』 1막 2장에 나오는 알세스트의 노래.

피가로　귀하신 분들한테는 한없이 관대하고, 비천한 사람들한테는 한없이 엄격한 법률 말씀이군요.

백작　내가 농담하는 줄 아느냐?

피가로　알게 뭡니까, 나리? 이탈리아 사람들 말마따나, 템포에 갈란 우오모Tempo è galant uòmo지요. 시간은 정직한 남자, 언제나 진실을 말하는 신사라는 뜻이지요. 이탈리아 사람들처럼 정곡을 찌르는 말을 잘 만들어 내는 사람들도 없다니까요. 결국에 누가 나한테 해를 가하고, 누가 선을 베풀었는지는 시간이 가르쳐준다는 얘기지요.

백작　(방백으로) 저 녀석, 훤히 다 알고 있는 게 분명해. 어서 그 늙다리 가정교사랑 결혼시켜야겠어.

피가로　(방백으로) 날 약 올려보시겠다. 도대체 어디까지 알고 계신 거지?

6장
백작, 제복 입은 하인, 피가로

하인　(알린다.) 동 귀즈망 브리두와종 드십니다.

백작　브리두와종이라고?

피가로　예, 틀림없습니다. 나리의 법률자문관이자 재판보좌관인 판사시죠.

백작　기다리라고 해.

(하인은 나간다.)

7장
백작, 피가로

피가로　(생각에 잠긴 백작을 잠시 바라보며) 나리께서 명하신 대로 다 갖춰졌는지요?

백작　(제정신으로 돌아와) 뭐라고? ⋯. 재판정으로 사용하게 이 응접실을 정리하라고 말했을 텐데.

피가로　부족한 게 없는뎁쇼? 나리께서 착석하실 큼지막한 소파도 있고, 법률자문관이 앉을 멋진 의자도 있고, 서기용 등받이 없는 의자도 있고, 변호사 좌석도 있고요, 사교계 인사들이야 방청석에 있으면 되고, 미천한 놈들은 뒤쪽에 자리하면 되고요, 가서 마루 닦는 일꾼들을 내보내겠습니다.

(퇴장한다.)

8장

백작(혼자서)

백작 저 천하디 천한 녀석이 날 당황하게 만드는군! 따박따박 따져서 제 이속은 다 챙기고, 날 옴짝달싹 못 하게 만들어서 속여 넘기려는 수작이렷다…. 아! 사기꾼들이야! 날 가지고 놀려고 작당을 했어! 친구지간이건 연인 사이건, 마음대로 해보라 이거야, 내 얼마든지 허락하지. 하지만 부부지간이 되는 것만은….

9장

쉬잔, 백작

쉬잔 (숨을 헐떡거리며) 나리 … 죄송해요, 나리.

백작 (언짢은 기색으로) 무슨 일이냐? 쉬잔.

쉬잔 심기가 불편하신가 봐요!

백작 뭐 할 말이 있느냐?

쉬잔 (수줍게) 마님께서 몹시 울적해 하시는 것 같아요. 그래서 나리께 향유병을 청하러 이렇게 내달렸지요. 곧바로 돌려드릴게요.

백작 (그것을 그녀에게 건네며) 아니, 그럴 필요 없다. 네가 갖고
있거라. 조만간 너한테도 필요할지 모르니.

쉬잔 저 같은 신분의 여자들한테 우울증이 가당키나 한가요?
규방에 계신 귀부인 마님들한테나 있는 병증인데요.

백작 약혼했다가 신랑감을 놓쳐버린 여인도 걸릴지 누가
알겠느냐.

쉬잔 나리께서 약속하신 지참금으로 마르슬린의 돈만 갚으면
….

백작 내가 너에게 약속했다고, 내가?

쉬잔 (눈을 내리깔고) 존엄하신 나리, 전 그 말씀을 똑똑히 들었는
데요.

백작 좋다, 까짓 네가 내 말만 들어준다면야.

쉬잔 (여전히 눈을 내리깔고) 존엄하신 나리의 분부를 받잡는
게 저의 의무 아니던가요?

백작 그럼 왜 그 이야길 진즉에 하지 않은 게냐, 매정한
것 같으니라고.

쉬잔 진실을 말하는 데 너무 늦은 때라는 게 있나요?

백작 그럼 어스름히 땅거미 질 무렵에 정원으로 나오겠느냐.

쉬잔 저야 저녁때면 바람 쐬러 나가는 게 일상인 걸요.

백작 그런데 오늘 아침엔, 왜 그리 나한테 인정머리 없이
군거냐!

쉬잔　오늘 아침이요? 의자 뒤에서 셰뤼뱅이 버티고 있는 통에?

백작　맞다. 깜빡 잊었구나. 내가 바질 편에 … 그땐 또 왜 그리 고집스레 마다한 것이냐?

쉬잔　바질 같은 작자가, 어떤 목적인지도 …?

백작　네 말이 맞다. 피가로도 있었지, 행여라도 그 녀석한테 죄다 말한 건 아니겠지?

쉬잔　하고말고요! 몽땅 다 얘기했는데요. 입 다물어야 할 건 빼고요.

백작　(웃으면서) 아이고, 귀여운 것! 그럼, 약속한 거다? 약속을 어길 시에는, 데이트도, 지참금도, 결혼도 어림없을 줄 알아라.

쉬잔　(절을 하며) 제 결혼이 어림없어지면, 영주님의 권리도 어림없어지겠죠, 존엄하신 나리.

백작　그런 말솜씨는 또 어디서 배웠는고? 예뻐 죽겠구나! 어쨌든 마님이 약병을 기다리시니 ….

쉬잔　(웃으면서 약병을 돌려주며) 제 주제에 명분 없이 감히 나리를 만날 수가 있나요, 어디?

백작　(그녀에게 입을 맞추려 하며) 고것 참, 귀엽기도 하지!

쉬잔　(몸을 피하며) 사람들이 와요.

백작　(방백으로) 이제 내 손에 들어왔구나.

(그는 사라진다.)

쉬잔   속히 마님께 가봐야지.

10장
쉬잔, 피가로

피가로   쉬잔, 쉬잔! 나리한테서 물러나서 어딜 그리 급히 뛰어가는 거야?

쉬잔   하려면 지금 당장 소송을 개시하라고. 소송은 이긴 거나 다름없으니까.

(그녀는 사라진다.)

피가로   (그녀 뒤를 쫓으며) 아! 그러니까 ….

11장
백작(혼자서 들어온다.)

백작   "소송은 이긴 거나 다름없다고!", 내가 깜빡 속을 뻔 했구나. 발칙한 것늘! 반드시 죗값을 치르게 해줄 테다 …. 제대로 판결을 내려주마, 아주 공정하게 …. 그건 그렇고 마르슬린한테 진 빚을 갚아버리면 어쩐다….
무슨 수로? … 갚아버리면 … 맞아, 앙토니오가 있었지,
그자처럼 자존심 강한 사람이 피가로 같은 하찮은 녀석을
자기 조카사위로 거들떠볼 리 있겠어. 잘 구슬리기만
하면 … 안 될 것도 없지 싶은데? 권모술수가 난무하는
이 판에서는 뭐가 됐든 이용해 먹는 게 수야, 얼간이의
허세든 뭐든 말이야.

(그는 마르슬린이 들어오는 것을 보고. 나간다.)

12장
바르톨로, 마르슬린, 브리두와종

마르슬린 (브리두와종에게) 나리, 제 말 좀 들어보세요.

브리두와종 (법복을 입고 약간 더듬거리며) 좋소! 구두로, 지 진술해
보시오.

바르톨로 결혼 약속에 관한 겁니다.

마르슬린 채무관계가 얽혀 있고요.

브리두와종 아, 알겠습니다. 기타 등등, 나머지도 있겠지요.

마르슬린 아뇨, 나리, 기타 등등은 없어요.

브리두와종 아 알겠습니다. 갚을 돈은 있습니까?

마르슬린   아뇨, 나리, 돈을 빌린 건 제가 아니고요.

브리두와종   자 자알 알았습니다. 그러니까 당신은 돈을 독촉하
는 거군요?

마르슬린   아뇨, 나리, 저와의 결혼을 요구하는 거예요.

브리두와종   어쨌든, 자알 알았습니다. 그럼 그 사람도 당신과
겨 결혼할 의사가 있습니까?

마르슬린   아뇨, 나리. 그러니까 소송까지 오게 된 거 아니겠어
요!

브리두와종   내가 이 소송 사건을 이 이해하지 못한 줄 아시오?

마르슬린   아뇨, 그런 건 아닙니다, 선생님. (바르톨로에게) 여기가
도대체 어디죠? (브리두와종에게) 실제 재판 담당이 선생님
이신가요?

브리두와종   그럼 내가 뭐 다른 이유로 이 관직을 돈 주고
샀겠습니까?

마르슬린   (한숨을 내쉬며) 참 내, 관직을 사고팔다니, 이런 악습이
어디 있담!

브리두와종   누가 아니랍니까, 공짜로 우리한테 주었으면 오죽
이나 좋았겠소. 소 소송 상대는 누굽니까?

13장

바르톨로, 마르슬린, 브리두와종, 피가로(양손을 비비며 들어온
다.)

마르슬린 (피가로를 가리키며) 나리, 바로 저 몹쓸 인간이지요.

피가로 (매우 명랑하게 마르슬린에게) 제가 심기를 불편하게 해드렸
나 보군요. 나리께서 곧 돌아오실 겁니다, 재판관님.

브리두와종 이 이 청년은 어디선가 본 듯한데?

피가로 세비야에 있는 재판관님의 부인 댁에서 뵀었죠, 제가
부인을 모시던 시절에요.

브리두와종 그때가 언제지?

피가로 막내 아드님이 태어나기 일 년이 좀 못 됐을 때였죠,
아마. 참 예쁜 아기였는데. 제가 막 자랑하고 다닐 정도였
죠.

브리두와종 그랬지. 세상에 둘도 없는 예 예쁜 아기였지.
듣자하니, 자네는 이곳에서 또 사고를 친 모양이더군?

피가로 공정하신 나리, 별거 아닙니다.

브리두와종 결혼 약속이라던데! 이런 한심한 사람을 봤나!

피가로 나리 ….

브리두와종 내 내 비서 못 봤나?

피가로 서기 노릇하는 두블르맹 말씀인가요?

브리두와종 그래, 먹을거리가 있다 싶으면 갖은 수단을 써서 날름 먹어치우는 인간이지.

피가로 먹어치우는 정도가 아니고요! 장담컨대, 그 작자는 닥치는 대로 꿀꺽꿀꺽 삼키는 인간이죠. 아무렴요, 제가 봤다니까요. 소송기록서에다 추가 소송기록서까지 덧붙여서, 그렇게 하더라니까요.

브리두와종 여기 양식을 작성해야 하네.

피가로 아무렴요, 나리. 소송의 본령이 소송인에게 있다 해도, 소송의 형식만큼 재판정의 전통을 따라야지요.

브리두와종 생각한 것처럼 그렇게 한심한 자는 아니구먼. 좋아, 여보게, 자네가 다 꿰고 있는 것 같으니, 자네 사건은 꼼꼼히 처 처리해줌세.

피가로 나리, 나리께서는 우리 관할 재판소 소속이시니까 공정하게 처리해주시리라 믿습니다.

브리두와종 뭐라고? ⋯. 그렇지, 내가 이 재판소 소속이긴 하지. 하지만 자네가 빚을 져놓고, 갚지 않았다, 라고 하면? ⋯.

피가로 나리도 아시게 될 겁니다. 제가 빚지지 않은 거나 마찬가지라는 걸 말입니다.

브리두와종 그으 ⋯ 릴 테시. 그런데! 그건 또 무슨 말인가?

14장

바르톨로, 마르슬린, 백작, 브리두와종, 피가로, 집행관

집행관 (백작에 앞서 등장하며 외친다.) 존엄하신 나리 드십니다.

백작 브리두와종, 법복을 입고 왔군! 가사 사건이라 평상복으로도 괜찮은데 그랬군.

브리두와종 백작님께야 아무래도 상관없으시겠지만, 저한테 법복 없이 외출한다는 건 생각지도 못할 일이죠. 아시다시피 격식이라는 게 있으니까요! 짧은 평상복을 입은 판사는 우습게 여기는 사람도, 긴 법복을 입은 검사 앞에서는 주눅이 들거든요. 격식은 겨 격식이니까요!

백작 (집행관에게) 방청객들을 들여보내게!

집행관 (문을 열러 가서 외친다.) 방청객!

15장

앞장의 배우들, 앙토니오, 성안의 하인들, 잔치 의상을 입은 농부들과 아낙네들, 백작(육중한 소파에 앉아있다), 브리두와종(측면에 있는 의자 위에), 서기관(탁자 뒤로 등받이 없는 의자에), 판사들, 변호사들(기다란 의자에), 마르슬린, 그 옆

에 바르톨로, 피가로(다른 기다란 의자에), 뒤쪽에 서 있는
농부들과 하인들.

브리두와종 (두블르맹에게) 두블르맹! 소장을 읽어보시오.

두블르맹 (문서를 들고 읽는다.) 고매하고도, 매우 고매하고, 한량
없이 고매하신 귀족, *동 페드로 조르주, 이달고*[31] *로스
알토스 남작, 이 몽테스 피에로스, 이 오트로스 동테스*[32]
와 젊은 극작가인 *알론조 칼데론*[33] 간의 사건. 이 사건은
흥행에 실패한 연극에 관한 사건으로, 쌍방이 책임을
부인하고 상대에게 떠넘기려는 사건입니다.

백작 쌍방이 다 옳다. 기각. 사교계에서 성공하고 싶으면,
다른 작품에서 함께 힘써 작업하면서 귀족은 거기다 자신
의 이름을, 시인은 자신의 재능을 투입할 것.

두블르맹 (다른 문서를 들고 읽는다.) 농부 *앙드레 페트루치오*와
지방 세금징수원 간의 사건으로 불법 강제집행 건입니

. .

31_ 이달고는 스페인에만 있는 하급 귀족작위이다.

32_ 보마르셰는 스페인 식의 긴 이름을 조롱하고 있다. 번역하면, '우뚝
솟은 산들과 언덕, 그 밖의 산들을 소유하고 있는 남작'이라는 의미
다.

33_ 17세기 스페인 극작가 칼데론의 원래 이름은 알론조가 아니라
페드로이다. 여기서 작가가 일부러 살짝 바꾼 것으로 보인다.

다.

백작   내 관할구역 사건은 아니네만, 백성들의 이익 보호 차원에서 국왕께 청원을 넣어보도록 하지. 다음.

두블르맹   (세 번째 문서를 들고서) (바르톨로와 피가로가 일어선다.) 중년의 숙녀, *바르브–아가르–랍–마들렌–니콜 마르슬린 드 베르트–알뤼르*(마들렌은 일어나서 인사한다.)와 세례명 난이 비어 있는 피가로의 사건.

피가로   무명씨입니다.

브리두와종   무 무명씨라고! 그럼 후견인은 누구요?

피가로   접니다.

두블르맹   무명씨 피가로에 대한. 신분은 뭐요?

피가로   귀족입니다.

백작   귀족이라고, 자네가?

(서기관은 적는다.)

피가로   하늘의 뜻이면 왕세자인들 못 될까요.

백작   (서기관에게) 다음.

집행관   (소리 지른다.) 장내 정숙.

두블르맹   (읽는다.) ⋯ 전술한 베르트–알뤼르가 제기한 피가로의 결혼 반대 소송 건. 통상적 권고와 재판상의 관례에 반하기는 하나, 법정이 허락하면 원고 측은 변호사 바르톨로가 변호하고, 피가로는 자기변호를 하도록 한다.

피가로의 재판 장면(생–캉탱, 1785).

피가로 두블르맹 선생, 관례라는 것이 대개 악습인 경우가
   허다하죠. 조금이라도 배운 사람이라면 자기 소송 건은
   웬만한 변호사들보다는 본인이 제일 잘 알지 않겠습니

까. 변호사란 인간들은 엄동설한인데도 땀을 뻘뻘 흘리며 소리나 고래고래 질러대고, 모르는 게 없는 듯 거들먹댈 뿐, 정작 소송인을 무너뜨리는 데는 그다지 관심이 없는 족속들이지요. 방청객들이 지겨워하건 말건, 곯아떨어지건 말건 아랑곳하지 않고요. 마치 자기네들이 키케로의 걸작 「무레나 변호문」[34]의 작가라도 되는 냥, 한껏 우쭐대기나 하고 말이죠. 저로 말씀드리면, 간단명료하게 사실을 적시하는 실력만큼은 누구도 따라올 자가 없다고 자부하는 바입니다.

두블르맹 쓸데없는 소릴 너무 늘어놓는군. 자네는 원고가 아니니 자기변론만 하면 되네. 의사선생, 앞으로 나와 차용증을 읽어보시오.

피가로 맞아요, 차용증!

바르톨로 (안경을 끼고) 계약은 틀림없습니다.

브리두와종 일단 봅시다.

집행관 장내 조용히 하시오.

바르톨로 (읽는다.) "아래 서명한 본인은 아구아스-프레스카스 저택에서 숙녀, *마르슬린 드 베르트-알뤼르*로부터 일금 2천피아스트라를 받았음을 인정함. 상환 요청 시에는

34_ 키케로의 변론술은 언제나 모범으로 간주되어 왔다.

이 저택에서 상기 금액을 상환함. 그리고 감사의 표시로 그녀와 결혼함." 그러고는 아주 간단히 피가로라고 서명되어 있습니다. 결론을 말씀드리면, 피가로는 금액을 변제하고, 소송비용과 함께 계약을 이행해야 합니다. (그는 변론한다.) 신사 여러분…. 법정 재판에 회부된 것들 가운데 이 사건만큼 흥미로운 소송도 없지요! 그 옛날 미녀 탈레스트리스에게 결혼을 약속했던 알렉산더 대왕 사건 이래로 말입니다….

백작 (말을 가로막고) 변호인, 더 멀리 갈 것 없고, 그 차용증의 유효성 여부는 확인했소?

브리두와종 (피가로에게) 방금 낭독한 것에 이 이의가 있나?

피가로 악의인지, 실수인지, 부주의인지 모르겠으나 분명 방금 문서를 낭독한 방식에 문제가 있다고 봅니다. 왜냐하면 문서에는 "본인은 그녀에게 상기 금액을 상환함. 그리고 그녀와 결혼함."이라고 씌어있는 게 아니라, "본인은 그녀에게 상기 금액을 상환함. 그렇지 않으면 그녀와 결혼함."이라고 씌어 있기 때문입니다. 이건 전연 다른 겁니다.

백작 문서에 '그리고'로 되어 있나, '그렇지 않으면'으로 되어 있나?

바르톨로 '그리고'로 되어 있습니다.

피가로 '그렇지 않으면'으로 되어 있습니다.

브리드와중 두 두블르맹, 당신이 직접 읽어보시오.

두블르맹 (종이를 집어 들고) 그 편이 가장 확실하겠군요. 대개 쌍방이 읽으면서 왜곡하기도 하니까요. (그는 읽는다.) "수숙녀 … 베르트–알뤼르 … 에. 아! 상환 요청 시에는 상기 금액을 저택에서 상환함 …. 그리고 … 그렇지 않으면 …. 그리고 … 그렇지 않으면 …." 필체가 엉망인데다 … 얼룩까지 있어서.

브리두와종 어, 얼룩이 있다고? 뭔지 알겠군.

바르톨로 (변론하며) 연결 접속사 '그리고'는 문장의 상관적인 단어들을 연결해주는 접속사입니다. 따라서 본인은, '숙녀 분에게 돈을 상환하고, 그러고 나서 결혼함.'이라고 주장하는 바입니다.

피가로 (변론하며) 선택 접속사 '그렇지 않으면'은 전술한 단어들의 의미를 분리하는 접속사죠. 따라서 본인은, '저 웃기는 여자에게 돈을 상환함. 그렇게 하지 못하면 그녀와 결혼함.'이라고 주장하는 바입니다. 잘난체한다고 라틴어로 지껄일 테면 지껄여보라 하세요. 그럼 전 그리스어로 맞대응해줄 테니까. 아주 박살을 내줄 겁니다.

백작 판결을 어떻게 내린다?

바르톨로 명쾌한 판결을 위해서는, 단어 하나에 연연해하지

말고, '그렇지 않으면'을 그냥 무시하고 넘어가시면 됩니다.[35]

피가로   법적 확인을 요구하는 바입니다.

바르톨로   우리도 동의하는 바입니다. 변론이 신통치 않으면 죄인을 구하지 못하는 법이지요. 그러니까 그런 맥락에서 차용증을 검토해 봅시다. (그는 읽는다.) "본인은 성에서 상기 금액을 상환하고 거기서 그녀와 결혼함." 신사 여러분, 가령 "당신이 이 침대에서 피를 뽑으면, 거기서 그대로 따뜻하게 있을 수 있을 겁니다"라는 문장에서 거기서란 그 안에서라는 의미지요. 또 "그는 대황 열매 0.25온스를[36] 섭취할 것인데, 거기에 타미린드 열매[37]를 조금 섞어 먹을 것이다"에서도 대황 열매 안에다 뒤섞을 거란

• •

35_ [역주] 여기서 바르톨로는 '그렇지 않으면'으로 양보한 것이 아니라 동음이의어를 활용한 것이다. 프랑스어에서 '그렇지 않으면'이란 의미의 단어 ou를 그는 여기서 발음이 똑같은 장소를 나타내는 관계대명사 où로, 다시 말해 '거기서'로 해독하려는 것이다. 바르톨로의 주장대로 하면, '피가로가 금액을 상환하고, 거기서 결혼함'이 되므로 결국에는 마르슬린에게 유리한 쪽으로 해석하려는 의도이다.

36_ 원어로는 gros인데, 이는 약초의 무게를 측정하는 단위로 1그로는 1/8온스에 해당된다. 아주 소량을 의미한다. 여기서 2그로이므로 0.25온스 정도 된다고 볼 수 있다.

37_ 완하제의 효능을 가진 열매.

애기죠. 따라서 "저택에서 나는 그녀와 결혼할 것임"이란 표현도, 신사 여러분, '저택 안에서'라는 뜻인 겁니다 ….[38]

피가로 천만에요. 그 문장은 다음과 같은 의미로 해석해야 합니다. "당신은 병환으로 죽게 되거나 아니면 의사 때문에 죽게 될 겁니다."라는 문장과 같이 양자택일 구조라 보시면 됩니다. 재론의 여지가 없어요. 또 다른 예를 들어 볼까요. "당신이 사람들 마음에 드는 글을 못 쓰는 것일 수도 있고, 아니면 어리석은 사람들이 당신을 비방하는 것일 수도 있다." 어때요. 분명하지 않습니까? 이 경우에, "어리석은 사람들 혹은 심술궂은 사람들"이 주격이죠. 바르톨로 선생은 내가 구문 구조를 잊어버린 줄 아시나 본데. 다시 말해, '본인은 이 성에서 상기 금액을 상환함 다음에 쉼표가 있고, 그렇지 못하면 그녀와 결혼함.'이라는 거지요.

바르톨로 (득달같이) 쉼표는 없습니다.

피가로 (득달같이) 있다니까요. 여기 쉼표가 있고, 그렇지 못하면 그녀와 결혼함이라니까요.

• •

38_ [역주] 피가로는 여기서 '그렇지 않으면 ou'에 대한 설명을 하고 있는 반면, 바르톨로는 문장 속에 있는 관계대명사 où에 집중해서 논지를 펼쳐 나간다.

바르톨로 (문서를 들여다보고. 재빨리) 신사 여러분, 쉼표는 없습니다.

피가로 (득달같이) 있었습니다. 아닌 말로 결혼까지 하는 마당에 돈을 갚겠다고 약속하는 멍청이가 어딨답니까?

바르톨로 (득달같이) 우리 쪽은 돈 문제와는 별도로 결혼을 진행하려는 겁니다.

피가로 (득달같이) 결혼으로 채무가 변제되지 않는다고 하면, 우리 쪽은 몸뚱어리와는 별도로 결혼을 진행하도록 하겠습니다.

(판사들은 일어서서 나직한 소리로 의견을 주고받는다.)

바르톨로 어지간히 특이한 변제 방법이군!

두블르맹 신사 여러분, 정숙.

집행관 (소리 지르며) 정숙.

바르톨로 이런 사기꾼은 그렇게 해서라도 빚을 갚아야 합니다.

피가로 변호사 양반, 당신 사건 변호하는 겁니까?

바르톨로 나는 이 숙녀 분을 변호하는 거요.

피가로 계속 헛소리 지껄이는 거야 어쩔 수 없다 해도 사람 모욕하는 짓은 그만하시죠. 소송당사자들의 감정이 격앙되는 것을 우려해 재판정이 제삼자[39]의 개입을 용인했다

· ·

39_ 변호사들을 일컬음.

고 해서, 변호인들이 면책 특권을 누리는 무뢰한으로 돌변하는 것까지 허락한 건 아니니까 말입니다. 그건 가장 권위 있는 기관의 격을 떨어뜨리는 짓입니다.

(판사들은 낮은 소리로 의견을 나눈다.)

앙토니오 (판사들을 가리키며 마르슬린에게) 뭘 저렇게 수군대는 거요?

마르슬린 수석판사가 매수당한 것 같아요, 이어 수석판사가 다른 판사를 매수하고.[40] 소송은 하나마나예요.

바르톨로 (낮고 어두운 어조로) 나도 그 점이 우려되는군.

피가로 (명랑하게) 마르슬린, 기운 내시죠!

두블르맹 (일어나서 마르슬린에게) 아니 그런 심한 말을! 당신을 고발하겠소 법정의 명예를 위해서라도, 최종 판결 전에 이 사안에 대한 재판을 요청하겠소.

백작 (앉아서) 아니오, 서기. 나 개인에 대한 모욕 건으로 재판을 진행할 생각은 없소. 명색이 스페인 판사가, 기껏해야 아시아 법정에서나 있을 법한 경거망동 따위에 얼굴 붉혀서야 쓰나. 그게 또 다른 악습이 될 수도 있거늘! 내 판결의 근거를 여러분들에게 제시하는 걸로 그 경거망동은 바로잡도록 하겠소 어느 판사라도 이를 거부한다면

••

40_ 수석판사는 백작을 가리키고, 다른 판사는 브리두와종을 가리킨다.

누가 됐든 사법부에 반기를 드는 걸로 간주하겠소! 원고 측은 무엇을 요구하겠소? 채무변제 불이행시, 결혼함 정도 아니겠소. 둘 다 요구하는 것은 모순이라 볼 수 있지!

두블르맹   신사 여러분, 정숙하시오!

집행관   (고함을 지르며) 정숙!

백작   피고 측 대답은 무엇이오? 가급적 미혼 신분을 유지하고 싶은 걸 테니. 그건 허락한다.

피가로   (기뻐하며) 내가 이겼어.

백작   하지만 차용증에 "본인은 첫 번째 상환 요청에 상기 금액을 상환함, 그렇지 못하면 결혼함." 이렇게 기재되어 있으니, 피고는 원고에게 2천 피아스트라를 지불한다, 그렇지 못하면 오늘 중으로 원고와 결혼한다.

(백작은 자리에서 일어선다.)

피가로   (어안이 벙벙해서) 뭐야 이렇게 되면, 내가 진 거나 다름없잖아.

앙토니오   (기뻐하며) 명판결이로군.

피가로   뭐가 명판결이란 겁니까?

앙토니오   자네가 내 조카사위 되는 건 요단강을 건너 간 거 같으니까 말일세. 존엄하신 나리, 감사합니다.

집행관   (고함지르며) 신사 여러분, 폐정합니다.

(사람들 나간다.)

앙토니오 조카딸한테 가서 죄다 얘기해줘야겠군.

16장

백작(무대 이쪽저쪽을 오가며), 마르슬린, 바르톨로, 피가로, 브리
두와종

마르슬린 (앉으며) 이제야 좀 숨통이 트이네.

피가로 난 숨 막혀 죽을 지경인데.

백작 (방백으로) 어쨌든 복수는 멋들어지게 한 셈이야. 속이
다 후련하군.

피가로 (방백으로) 바질은 어떻게 된 거지, 마르슬린의 결혼에
결사반대했던 위인인데. 그자가 오면 두고 보자고! (나가
는 백작에게) 존엄하신 나리, 가시는 겁니까?

백작 배정된 사건들은 모두 처리했으니까.

피가로 (브리두와종에게) 이 멍청한 뚱땡이 판사 같으니라고!

브리두와종 내가, 멍청한 뚱땡이라고!

피가로 두 말하면 잔소리지. 저 여자와 결혼할 일은 없을
겁니다. 난 귀족이니까요.

(백작이 멈춰 선다.)

바르톨로   결혼하게 될 거요.

피가로   내 귀족 부모님의 동의가 없는데 무슨 수로요?

바르톨로   그럼 부모님 성함이 뭔지 대보시지, 부모님을 보여줘 보든가.

피가로   시간을 좀 주십시오. 만날 날이 머지않았습니다. 찾아 헤맨 지도 어언 15년이나 됐으니까요.

바르톨로   허세부리기는! 업둥이였구먼!

피가로   미아가 된 겁니다, 의사선생님. 유괴당한 건지도 모르고요.

백작   (다시 돌아오며) 미아건, 유괴건 증거 있나? 증거 제시의 기회를 주지 않으면, 불공평하다고 또 난리를 치겠지!

피가로   존엄하신 나리, 도적들에게 발견됐을 당시 입고 있던 레이스 달린 배내옷하며, 수놓인 벨벳, 금붙이들이 바로 저의 고귀한 혈통을 증명하는 거 아니겠습니까. 그리고 저한테 있는 자국만 봐도 제가 얼마나 귀한 집 자손인지 알 수 있습죠. 여기 팔에 뭔지 모를 표식 같은 게 ⋯.

(그는 오른팔의 옷을 걷어 올린다.)

마르슬린   (날래게 일어서며) 혹시 오른쪽 팔에 주걱 모양의 자국이?

피가로   나한테 그게 있는 줄 어떻게 알았죠?

마르슬린   맙소사! 너였구나!

피가로   너라니요.

바르톨로   (마르슬린에게) 누구란 말이요? 저자가!

마르슬린   (황급히) 에마뉴엘이요.

바르톨로   (피가로에게) 집시들에게 납치된 건가?

피가로   (흥분해서) 어느 저택 근처에서였죠. 훌륭하신 의사선생님, 날 내 귀족가문에 데려다 주시면, 대가는 섭섭지 않게 쳐드리겠습니다. 제 고명하신 부모님들께서 주저 없이 황금덩어리를 하사하실 겁니다.

바르톨로   (마르슬린을 가리키며) 이분이 자네 어머니시네.

피가로   … 에이 설마요, 유모라면 모를까?

바르톨로   자네 친어머니시네.

백작   저 녀석 생모라구?

피가로   설명해 보시죠.

마르슬린   (바르톨로를 가리키며) 이분이 네 아버지시다!

피가로   (유감스러워하며) 맙소사! 말도 안 돼!

마르슬린   핏줄이 당기지 않던?

피가로   털끝만큼도요.

백작   (방백으로) 저 녀석 생모라구!

브리두와종   그럼 이제 결혼은 안 해도 되겠군요.

바르톨로   나도.

마르슬린   나도, 라니요! 그럼 당신 아들은요? 저한테 약속했었잖아요….

바르톨로   내가 정신이 나갔었지. 그런 기억까지 끄집어내서 약속을 지켰다가는, 온 세상 여자들이랑 다 결혼해야 할 거요.

브리두와종   그렇게 까탈을 부리면, 결혼할 수 있는 사람이 누가 있겠소.

바르톨로   철부지 젊은 시절에 다들 하는 실수 아니요.

마르슬린   (점점 더 열을 내며) 그래요, 생각보다 훨씬 더, 한심했드랬죠! 내 잘못을 부인할 생각은 없어요. 오늘 만천하에 드러났으니까! 하지만 30년 동안 그렇게 쥐 죽은 듯이 조용히 살아왔는데 무슨 죗값을 더 치러야 한단 말인가요! 저도 타고나기를 얌전하게 타고난 사람이라고요. 사람들이 철들라고 하기도 전에 이미 철이 들어 있었고요. 한창 미숙하고 욕구와 허영에 들뜰 나이가 되니까 엽색꾼들이 가만히 놔두질 않더군요. 그때 하필 가난이 사정없이 덮쳐 오기도 했고요. 나이 어린 처녀가 벌떼같이 달려드는 원수들과 무슨 수로 대적하겠느냐고요? 오늘 우리를 엄히 재판한 판사님도 박복한 여자 족히 열 명은 망쳐놓았을 걸요!

피가로   본디 사기 죄가 낳은 사람이 남한테는 엄격한 법이죠.

마르슬린   (격한 어조로) 당신네 남자들은 배은망덕 그 이상이에요, 당신들은 당신네 정욕의 노리개들, 희생양들을 능멸하고 치욕에 몸부림치게 만드는 사람들이죠! 우리가 철없던 시절 저지른 실수에 대한 죗값을 치러야 할 사람들은 바로 당신들이라고요. 당신네와 판사님네들이 과연우리를 심판할 자격이 있을까요? 알면서도 고개 돌리고우리한테서 당당히 살아갈 수단을 송두리째 앗아간 사람들이 말예요. 곤경에 빠진 처자들한테 입에 풀칠할 수단이 그거 말고 뭐가 있겠어요? 예전에는 그래도 장신구만드는 일 정도는 아녀자들 몫이었는데, 이젠 그마저도수천 명의 남자 일꾼들이 그 자리를 꿰차고 있는 형편이니 말이에요.

피가로 (화가 나서) 아닌 게 아니라 자수 같은 일까지 군인들한테시킨다더군요.

마르슬린 (열을 내며) 고관대작 가문에서도 여자들은 당신네들한테서 알량한 배려 정도나 받을 뿐이죠. 겉으로는 존중하는 척 하지만 실제로는 부리는 종이나 다름없다더군요. 재산권 행사하는 데는 우리를 미성년자 취급하고,어쩌다 저지른 과오를 벌할 때는 어른 취급을 하고요!아, 아무리 봐도 우리한테 하는 당신들 처사는 구역질나고, 치사하기 짝이 없다고요.

피가로 일리 있는 말씀입니다.

백작 (방백으로) 맞는 말이긴 하지!

브리두와종 어쩌면, 그녀 말이 옳을지도!

마르슬린 아들아, 파렴치한 남자한테 버림받은 우리가 뭘 할 수 있겠니? 네가 어디서 왔는지는 개의치 말고, 네가 어디로 갈지만 생각하려무나. 각자한테 중요한 건 그것뿐이란다. 몇 달 후면, 네 약혼녀도 자신의 운명을 책임져야 할 거고 너를 잘 받아줄 거다, 내가 보증하마. 네 아내와 너를 가장 아끼는 인자한 어미와 함께 살자꾸나. 아들아, 우리 아녀자들한테 잘 해야 한다. 그게 네가 행복해지는 지름길이야. 그리고 상대가 누가 됐든 기분 좋게, 격의 없이, 착하게 대해야 한다. 이 어미가 당부하고 싶은 건 그것뿐이다.

피가로 어머니, 정말 지혜로운 말씀이십니다. 어머니 뜻에 따르겠습니다. 하기야 우리가 어리석기는 하지요. 세상이 시작된 지도 수천 년이건만, 그 시간의 강물 속에서 저는 되돌릴 수 없는데도 될 대로 되라는 식으로 삼십 년을 살았죠. 제 생명이 어디서 온 것인지 몰라 애타하며 세월을 보냈어요. 이런 문제에 마음 쓰며 사는 사람처럼 딱한 사람도 없을 거예요! 이제나 저제나 하며 세월을 보내는 건, 말 모가지의 마구를 쉼 없이 당기는 거나 마찬가지지요. 도도히 흐르는 강물을 쉬지 않고 거슬러

올라가는 불쌍한 말들처럼 말이에요. 기다려 보도록 하죠.

백작 참내, 황당한 사건 하나 때문에 내 계획이 틀어지게 생겼군!

브리두와종 (피가로에게) 귀족이니 저택이니 이게 다 무슨 궤변이오? 법정을 우습게 보는구먼.

피가로 법정이야말로 정말로 저한테 어리석은 짓을 시킬 뻔했습죠. 백 에퀴 때문에 저 분을 패 버릴까 생각한 것도 수십 번이었는데, 오늘 저 사람이 제 아버지라지 않습니까! 하지만 하느님께서 생각만 해도 아찔한 일에서 저를 구해주셨으니, 아버지도 저를 용서해주십시오…. 그리고 어머니, 저를 안아주세요…. 둘도 없이 자애로운 어머니로서 말입니다.

(마르슬린은 그의 목을 향해 뛰어든다.)

17장

바르톨로, 피가로, 마르슬린, 브리두와종, 쉬잔, 앙토니오, 백작

쉬잔 (손에 돈주머니를 들고 뛰어 온다.) 나리, 그만두시어요. 저들의

결혼을 말려주시어요. 빚은 제가 갚을게요. 마님께서 제
게 내리신 지참금으로 갚으면 돼요.

백작 (방백으로) 젠장, 마님이라구! 모두가 작당을 했군….

(그는 나간다.)

18장

바르톨로, 앙토니오, 쉬잔, 피가로, 마르슬린, 브리두와종

앙토니오 (피가로가 자기 어머니를 끌어안고 있는 것을 보고. 쉬잔에게
말한다.) 아! 이래도 빚을 갚겠다고! 아이고야!

쉬잔 (몸을 돌리며) 저도 봤어요. 나가시죠, 삼촌.

피가로 (그녀를 만류하며) 안 돼, 제발. 뭘 봤다고 그래?

쉬잔 내 어리석음과 당신의 비열함을 봤지.

피가로 이도저도 아니야.

쉬잔 (화가 나서) 저 여자를 어루만지고 장난도 아니던데, 저
여자랑 결혼할 참인가보지.

피가로 (쾌활하게) 물론 어루만지기는 했지만 결혼할 생각은
없는데.

(쉬잔이 나가려 하자 피가로가 그녀를 말린다.)

쉬잔 (그의 뺨을 때리며) 뻔뻔하게 감히 나를 붙잡아!

피가로 (나란히) 당신 사랑이란 게 이것밖에 안 되는 거였어?

일단 가기 전에, 부탁인데, 이 부인을 좀 잘 보라고.

쉬잔 보면 뭐.

피가로 어떻게 생각해?

쉬잔 볼썽사납다고 생각하는데.

피가로 질투하는 거야! 질투한다고 해서 당신을 봐주지 않을 거야.

마르슬린 (두 팔을 벌리며) 어서 와서 네 어머니를 좀 안아주렴, 어여쁜 쉬자네트.[41] 내 아들이 심통을 부려 너를 힘들게 하는구나.

쉬잔 (그녀에게 뛰어가며) 당신이, 피가로의 어머니라고요!

(그녀들은 서로 품에 안는다.)

앙토니오 이게 방금 전에 일어난 일인가?

피가로 그런 것 같군요.

마르슬린 (격앙되어) 아니, 첫 단추가 잘못 끼워져서 그렇지, 어쨌건 내 마음이 피가로한테 끌린 건, 아마도 핏줄이 당겨서였기 때문일 거야.

피가로 저로 말하면 분별심 때문이죠, 제가 어머니를 밀어낸 것도 본능적으로 그런 거고요. 어머니를 미워한 적은

• •

41_ [역주] 쉬잔의 애칭.

없어요. 설령, 돈 때문에라도 ….

마르슬린 (그에게 문서를 건네며) 이제 이건 네 거다. 네 지참금이다.

쉬잔 (그에게 돈주머니를 던지며) 이것도 가져.

피가로 이리 고마울 데가.

마르슬린 (흥분해서) 처녀시절 그리도 지독한 풍상을 겪어 놓고, 또다시 세상에서 제일 비참한 여자가 될 뻔했구나. 이제는 세상에 둘도 없는 복 많은 어머니가 됐다. 얘들아, 어서 와서 나를 안아주렴! 너희 둘한테 내 애정을 다 쏟아 부을 생각이다. 이보다 더 행복할 수는 없을 듯싶구나! 얘들아, 내가 얼마나 너희들을 사랑하는지!

피가로 (감격해서. 활기차게) 어머니, 그만하세요! 그만하세요! 눈물에 빠져 익사하겠어요. 물론 기쁨의 눈물이긴 하지만요. 어리석게도 전 그걸 부끄러워할 뻔했네요. 눈물이 제 손가락을 타고 흐르는 게 느껴지는데요, 보세요. (그는 자신의 손가락을 벌려 보여준다.) 전 여태껏 바보처럼 눈물을 참고 살았어요! 부끄러움이여, 썩 물러가거라! 웃고도 싶고, 울고도 싶고. 이런 감정은 제 평생에 두 번 다시 느껴보지 못할 듯싶어요.

  (그는 한쪽으로는 어머니에게 키스하고, 다른 쪽으로는 쉬잔한테 키스한다.)

마르슬린 오, 아가!

쉬잔 자기야!

브리두와종 (손수건으로 눈물을 훔치며) 좋아요! 나도! 나 나도! 바보같이!

피가로 (흥분해서) 슬픔아, 이제 내가 기꺼이 너와 한판 붙어줄 테니, 올 테면 오거라, 하지만 그 전에 너는 내 사랑하는 두 여인을 거쳐 와야 할 거다.

앙토니오 (피가로에게) 객쩍은 소리 그만하고. 사실 가문 대 가문의 혼사에는 양친의 결혼이 전제되어야 하거늘. 내 애기가 무슨 뜻인지 알겠지. 부모님은 결혼은 하셨나?

바르톨로 결혼이라니! 내가 말라 죽는 한이 있어도 이런 건달 같은 녀석의 어미와 결혼할 수는 없지.

앙토니오 (바르톨로에게) 못돼먹은 아비로구먼. (피가로에게) 정이 그렇다면, 더 말할 필요도 없겠군.

쉬잔 아! 삼촌….

앙토니오 누구 자식인지도 모르는 놈한테 내가 조카딸을 줄 수야 없지?

브리두와종 멍청한 인간, 그게 어디 가당키나 한 일이오? 아비 없는 자식이 어디 있나.

앙토니오 푸우! …. 아무튼 내 조카는 못 줘.

(그는 나간다.)

19장

바르톨로, 쉬잔, 피가로, 마르슬린, 브리두와종

바르톨로　(피가로에게) 가서 자네를 양자 삼겠다는 사람을 찾아보
는 게 어떻겠나.

(그는 나가려고 한다.)

마르슬린　(달려가서 바르톨로의 허리를 얼싸안으며) 가지 마세요,
가면 안 돼요!

피가로　(방백으로) 아니. 안달루시아의 바보란 바보들은 다
내 결혼에 쌍지팡이를 짚고 나서는구나!

쉬잔　(바르톨로에게) 아버님, 이 사람은 아버님 아들이에요.

마르슬린　(바르톨로에게) 머리면 머리, 재능이면 재능, 외모면
외모, 어디로 보나.

피가로　(바르톨로에게) 땡전 한 푼도 안 들었잖아요.

바르톨로　저 녀석이 꿀꺽한 내 백 에퀴는 어쩌고?

마르슬린　(그를 어루만지며) 우리가 극진히 모실게요.

쉬잔　(그를 어루만지며) 진심으로 아버님을 사랑할거예요! 사랑
하는 아버님!

바르톨로　(감격해서) 아버님! 훌륭하신 아버님! 사랑하는 아버
님! 계속 이 소리 듣다간, 저 치보다 더 바보가 되겠는걸.

(브리두와종을 가리키며) 꼼짝없이 말려들겠어. (마르슬린과 쉬

잔이 그를 끌어안는다.) 아니, 안 돼, 아직 허락한 게 아냐.

(그는 뒤돌아본다.) 나리는 어떻게 됐지?

피가로   속히 가서, 나리께 최종 승낙을 받아내야겠어요. 혹시

라도 나리가 다른 꼼수를 부리시면, 모든 걸 다시 시작해

야 하니까요.

일동   어서 갑시다! 가요!

(그들은 바르톨로를 밖으로 데리고 간다.)

20장

브리두와종(혼자)

브리두와종   저 치보다 더 바 바보가 되겠다고! 이런 애긴

속 속엣말로 해야 하는 거 아냐. 이 이곳 사람들은 하나같

이 당최 예 예의가 없어.

(퇴장)

제 4 막

무대는 촛대, 불 켜진 샹들리에, 꽃, 화환들로 장식된 회랑,
한 마디로 잔치를 위해 꾸며진 회랑을 보여준다. 오른쪽 무대
전면에 필기도구가 놓인 탁자가 있고, 그 뒤로 의자가 놓여
있다.

1장
피가로, 쉬잔

피가로 (쉬잔의 허리를 끌어안으며) 내 사랑, 어때, 행복해? 어머니가
특유의 말솜씨로 아버지를 구워삶으신 것 같아. 아버지
로서도 내키진 않겠지만 어머니와 결혼하지 않을 수 없을
거야. 무뚝뚝한 당신 삼촌도 더는 고집 부리지 않을 거고,
나리께서야 부아가 좀 나겠지만 뭐. 우리 결혼은 당신네
결혼을 성사시킨 데 따른 포상이니까. 끝이 이리 좋으니
웃어보자고.

쉬잔 당신 이렇게 요상한 상황 본 적 있어?

피가로 요상하기보다는 유쾌한 상황이지. 나리한테만 지참금
을 알겨낼 생각이었는데, 나리 말고도 두 군데서나 돈이
굴러 들어오게 됐잖아. 끈덕지게 당신한테 들러붙은 경
쟁자 때문에 화가 나 돌아버릴 지경이었는데. 자애로운
어머니 덕분에 판세도 완전히 뒤집어졌고. 어제까지만
해도 난 천애고아였는데, 지금은 양친 두 분이 다 생존해
계시고. 솔직히 말해서, 뭐 그렇게 내세울 만큼 대단한
분들은 아니지만, 부자들처럼 허세 부리지 않는 우리한
테야 부족할 거 없는 분들이지.

쉬잔 하지만 당신이 도모하고, 우리가 기대한 건 하나도

이루어진 게 없잖아.

피가로   우리 의지보다 더 막강한 게 하늘의 뜻이라고. 세상만
사가 다 그렇잖아. 한편에서 죽어라 일하고 기획하고
정리하는 사람이 있는가 하면, 다른 한편에는 운이 좋아
한 방에 모든 걸 해결하는 사람이 있고, 땅덩어리를 차지
하겠다고 정복에 열 올리는 욕심쟁이가 있는가 하면,
개한테 의지해 삶을 편안하게 살아가는 장님도 있고,
모두가 운명의 노리개일 뿐이야. 더러는 개한테만 의지
하는 장님이 지인들에 둘러싸인 장님보다 더 잘 인도받아
실수하지도 않는다고. 흔히들 사랑이라 부르는 귀여운
장님 신 덕분에 말이야.

(그는 그녀의 허리를 다정하게 끌어안는다.)

쉬잔   내 유일한 관심사가 바로 그거라니까!

피가로   만약 내가 광기의 신 역할을 맡아 그 장님 신을 어여쁘
고 사랑스런 당신의 방 문 앞으로 인도하는 착한 개 노릇
을 해야 한다면,[42] 우리는 평생 그 안에서 나올 생각을
안 할 텐데.

쉬잔   (웃으면서) 사랑의 신이랑 당신이?

· ·

42_ 라퐁텐느 우화, 12권 14. 광기의 신은 사랑의 신을 눈멀게 했다는
이유로 평생 사랑의 신의 길잡이 역할을 하도록 단죄 받았다고
한다.

피가로　나와 사랑의 신이.

쉬잔　당신이야말로 또 딴 방을 찾아 두리번거리지 않을까 싶은데.

피가로　군이 당신이 날 그렇게 보겠다면야, 기꺼이 바람둥이가 돼서 ….

쉬잔　허세부리지 말고. 당신, 진짜 진실이나 말해봐.

피가로　내 진짜진짜 진실 말이지!

쉬잔　쳇, 못됐어! 진실이 여러 개라도 된다는 거야?

피가로　그럼. 시간이 지나면 예전의 광기도 예지로 변하고, 과거의 사소한 거짓말도 중요한 진실로 변할 수 있다던데. 그러니 진리도 수천 가지가 있는 셈이지! 알면서도 감히 발설할 수 없는 진실도 있고, 진실이라고 해서 모두 입 밖에 낼 수 있는 건 아니니까. 또 사람들이 높이 쳐주긴 하지만 신뢰를 주지 못하는 진실도 있고, 믿음이 안 가는 진실도 있잖아. 열의에 찬 서약이라든가, 어머니들의 협박, 술꾼들의 맹세, 고관대작들의 약속, 장사꾼들의 흥정의 말 같은 것들 말이야. 예를 들자면 한도 끝도 없어. 그 가운데 가장 순도 높은 진실은 바로 당신에 대한 내 사랑이라고.

쉬잔　당신이 기분 좋아하니 나도 좋아. 과한 것 같아도, 그건 당신이 행복하다는 걸 말해주는 거니까. 백작님과의 만남에 대해서 얘기해볼까.

피가로 아니, 그 얘기는 그만둬. 하마터면 당신을 잃을 뻔
했으니까.

쉬잔 그러니까 당신은 내가 백작을 만나러 가는 게 내키지
않는 거지?

피가로 당신이 나를 사랑한다면, 쉬종, 그 점을 확실히 약속해
줘. 나리야 목 빠지게 기다리겠지만, 그건 나리가 치러야
할 죗값인거고.

쉬잔 가지 않겠다고 하는 것보다 가겠다고 말하는 게 더
어렵더라고. 그건 이제 더 이상 문제가 안 돼.

피가로 당신 진짜 진실은 뭔데?

쉬잔 난 당신네 배운 사람들처럼 똑똑하지 못하다고. 나한테
진실은 하나야.

피가로 그럼 나를 조금은 사랑해줄 거지?

쉬잔 많이 해줄게.

피가로 성에 안 차는데.

쉬잔 뭐라고?

피가로 사랑에는, '너무'라는 것도 충분치 않은 법이거든.

쉬잔 도통 복잡해서 알아먹을 수가 없네. 아무튼 난 내 남편만
사랑할 거야.

피가로 한 입으로 두 말 않기다, 그렇게만 하면 당신은 특별대

우를 받게 될 거야.

(그는 그녀에게 키스하려 한다.)

2장
피가로, 쉬잔, 백작부인

백작부인 아! 내 생각이 맞았어. 어디에 있든, 같이 있을 거라고
생각했지. 이봐요, 피가로, 그렇게 단둘이만 있으려고
하면 자칫 당신들 미래, 결혼을 망칠 수도 있다고요. 모두
들 목 빠지게 기다리고 있잖아요.

피가로 지당한 말씀입니다, 마님. 제가 잠시 잊고 있었습니다.
가서 용서를 구해야겠네요.

(그는 쉬잔을 데려가려 한다.)

백작부인 (그녀를 붙잡으며) 쉬잔은 곧 뒤따라갈 거예요.

3장
쉬잔, 백작부인

백작부인 우리가 바꿔 입을 옷은 갖고 있니?

쉬잔 필요 없을 듯해요, 마님. 나리를 뵈러가지 않을 거니까요.

백작부인 아! 마음이 변한 거야?

쉬잔 피가로 때문에요.

백작부인 둘이서 나를 속이려고.

쉬잔 맙소사! 그럴 리가요.

백작부인 피가로가 지참금을 그냥 놓칠 사람은 아닌데.

쉬잔 마님! 무슨 생각을 하시는 건지?

백작부인 나리와 한통속이라도 된 모양이구나. 나리가 너희들한테 노여워하시는 것도, 너희들이 나한테 나리의 계획을 털어놓았기 때문인 거지? 속이 빤히 보이는구나. 혼자있고 싶다.

(그녀는 나가려한다.)

쉬잔 (풀썩 무릎을 꿇고) 마님, 제발요! 마님께서 제게 얼마나 가슴 아픈 말씀을 하시는지 모르시죠 지금껏 한량없는 호의를 베풀어주시고, 지참금까지 챙겨주신 분한테 어찌 제가! ….

백작부인 (쉬잔을 일으키며) 그렇담 …. 어떻게 말을 꺼내야 할지 모르겠다만. 그럼 정원에 너 대신 내가 나가는 건 어떨까. 넌 거기 가지 않아도 되니까, 피가로한테 약속을 지키는 게 되고, 더불어 내 남편의 마음을 돌리는 데 힘을 보태는 것도 될 것 같은데.

쉬잔 마님, 마님 말씀에 너무 속이 상했어요!

백작부인 내가 생각이 좀 모자랐구나. (그녀는 쉬잔의 이마에 키스를 한다.) 약속 장소가 어디라고 했지?

쉬잔 (부인의 손에 키스를 하며) 정원이라는 말만 떠오르는데요.

백작부인 (탁자를 가리키며) 펜을 들으렴, 장소는 우리가 정하자꾸나.

쉬잔 백작님께 쓰라고요?

백작부인 그래.

쉬잔 마님. 아무리 그래도 편지는 마님께서 ….

백작부인 모든 건 내가 책임지마. (쉬잔은 자리에 앉고, 백작부인은 받아 적게 한다.) 최신 가곡이란다. "날씨도 화창하니, 오늘 저녁, 아름드리 마로니에 나무 아래서 … 날씨도 화창하니, 오늘 저녁 …"

쉬잔 (받아 적는다.) "아름드리 마로니에 나무 아래서 …." 그 다음은요?

백작부인 왜, 백작님이 네 말을 이해하지 못할까 봐서?

쉬잔 (다시 읽는다.) 간단명료한데요. (그녀는 쪽지를 접는다.) 편지를 어떻게 봉할까요?

백작부인 핀으로 하렴, 서둘러야겠다. 그 핀이 답장 역할도 할 거야. 뒷면에다가는 이렇게 쓰렴. "핀은 돌려주세요."

쉬잔 (웃으면서 글을 쓴다.) 아! "핀"이라! 마님 이건 발령장보다 더 재밌는데요.

백작부인　(고통스런 기억을 떠올리며) 아!

쉬잔　(자기 몸에서 더듬어 찾으며) 저한테 지금 핀이 없는데요.

백작부인　(자신의 가운에서 떼어 내어) 이걸로 하려무나. (셰뤼뱅이 가지고 있던 리본이 그녀의 가슴께서 바닥으로 떨어진다.) 아, 내 리본끈.

쉬잔　(그것을 주워들고) 그 좀도둑 거로군요. 마님이 야박하셨어요.

백작부인　그 아이 팔에 그냥 놔둬야 했단 말이야? 이렇게 예쁜 걸! 이리 줘!

쉬잔　마님, 몸에 지니시면 안 돼요. 젊은 남자의 피가 묻어 있잖아요.

백작부인　(리본끈을 다시 집어 들고) 팡셰트에게 잘 어울리겠는데 …. 다음에 나한테 꽃다발을 가져오면 ….

4장

젊은 양치기 처녀, 처녀로 분장한 셰뤼뱅, 팡셰트, 팡셰트와 똑같은 옷차림에 꽃다발을 든 많은 처녀들, 백작부인, 쉬잔

팡셰트 마님, 마을 처녀들이 마님께 꽃을 선물하러 왔어요.

백작부인 (재빨리 리본끈을 손에 쥐고) 어여쁘기도 해라. 이렇게 아리따운 아가씨들을 지금껏 몰랐다니 말도 안 돼. (세뤼뱅을 가리키며) 저기 얌전해 보이는 사랑스런 아이는 누구지?

양치기 처녀 결혼식에 참석하러 온 제 사촌입니다, 마님.

백작부인 예쁘장하게 생겼구나. 스무 개가 넘는 꽃묶음을 다 달 수는 없을 것 같고, 외지 사람한테 기회를 줘야겠구나. (그녀는 세뤼뱅의 꽃묶음을 받아 들고 그의 이마에 입을 맞춘다.) 얼굴이 빨개졌네! (쉬잔에게) 쉬종, 저 아이 누구 닮은 것 같지 않니?

쉬잔 과연, 헷갈릴 만도 한데요.

세뤼뱅 (방백으로. 자신의 가슴에 손을 얹고) 아! 이 얼마나 꿈에 그리던 입맞춤이던가!

5장

처녀들, 그녀들 가운데 세뤼뱅, 팡셰트, 앙토니오, 백작, 백작 부인, 쉬잔

앙토니오 나리, 그놈이 아직 여기 있습니다요. 아낙들이 제 딸아이 방에서 그놈을 변장시켰나 봅니다. 그놈 옷가지

들이 여기 있습니다. 제가 보따리에서 장교모도 꺼내왔습죠. (그는 앞으로 나와 처녀들을 하나하나 찬찬히 훑어보다 세뤼뱅을 알아보고는 그의 여성용 모자를 훌렁 벗긴다. 길게 땋은 머리가 드러난다. 앙토니오는 세뤼뱅의 머리에 장교모를 씌우고 말한다.) 그럼 그렇지, 우리 장교님이 여기 계시는구면.

백작부인 (뒤로 물러서며) 아! 맙소사!

쉬잔 이런 사기꾼!

앙토니오 제가 말씀드리지 않았습니까. 마님 처소에 있던 녀석도 저 녀석이라고요!

백작 (화가 나서) 부인?

백작부인 저도 당신 못지않게 놀랐어요. 화가 나기도 하고요.

백작 좋아, 그렇담, 오늘 아침 일은 어떻게 된 거요?

백작부인 더 이상 숨기는 건 죄가 되겠죠. 맞아요, 저 아이가 제 방에서 뛰어내린 게. 이 아이들이 하던 장난을 우리도 따라서 해본 거예요. 저 아이한테 옷을 입히고 있는데 당신이 때마침 들이닥친 거고요. 당신 반응이 너무 살벌하니까 저 아이가 도망친 거고요. 저도 당황을 했고, 그 뒤는 너무 무서운 나머지 그렇게 돌아가게 된 거고요!

백작 (분통을 터뜨리며. 세뤼뱅에게) 출발은 왜 하지 않은 거냐?

세뤼뱅 (불쑥 모자를 벗으며) 나리 ….

백작 명령불복에 죗값을 치를 줄 알아라.

팡셰트　(생각 없이) 아! 나리, 제 말씀 좀 들어보세요. 나리께서
　　　　저한테 입 맞추러 오셔서는, 늘 이렇게 말씀하셨잖아요.
　　　　"귀여운 팡셰트, 날 사랑해주면, 네가 원하는 건 뭐든
　　　　다해주마."

백작　(얼굴이 빨개져서) 내가! 그런 말을 했다고?

팡셰트　네, 나리. 세뤼뱅을 벌주는 대신, 저와 결혼하게 해주세
　　　　요. 그럼 제가 나리를 미친 듯이 사랑해드릴게요.

백작　(방백으로) 일개 종복한테 이리 휘둘리다니!

백작부인　여보, 이제 당신 차례에요. 나만큼이나 솔직한 저
　　　　애 고백으로 두 가지 진실은 증명된 셈이네요. 제가 당신
　　　　을 불편하게 했다면, 그건 제 의도와 상관없이 그렇게
　　　　된 거고, 반면 당신은 내 심기를 거스르고 불편하게 하기
　　　　위해 갖은 수를 다 썼다는 거예요.

앙토니오　나리께서요? 설마요! 제가 죽은 쟤 어미를 대신해
　　　　저 아이를 엄히 꾸짖겠습니다 …. 저 아이의 행동거지
　　　　때문이라기보다는, 마님께서도 잘 아시겠지만, 여자애
　　　　들은 조금만 머리통이 크면 ….

백작　(당황해서, 방백으로) 사방천지에 나한테 불리한 나쁜 기운들
　　　　뿐이구나!

6장

처녀들, 셰뤼뱅, 앙토니오, 피가로, 백작, 백작부인, 쉬잔

피가로   나리, 나리께서 처녀들을 붙들고 계시면, 피로연도, 춤도 시작할 수가 없습니다.

백작   자네가 춤을 춘다고! 춤은 꿈도 꾸지 말게. 오늘 아침 낙상으로 발도 성치 않으면서 춤은 무슨 춤!

피가로   (다리를 흔들어 보이며) 아직 약간 통증이 있기는 하지만, 괜찮습니다. (처녀들에게) 자, 아가씨들, 가십시다!

백작   (그를 돌려세우며) 그나마 푹신한 부식토 위에 떨어진 걸 천만다행인줄 알라고.

피가로   왜 아니겠습니까, 천우신조였죠. 아니었으면 ….

앙토니오   (그를 돌려세우며) 바닥으로 떨어지면서 몸을 둥글게 잘도 말던데.

피가로   좀 더 요령이 있었더라면 공중에 오래 머물렀겠지요. (처녀들에게) 자, 아가씨들 가실까요?

앙토니오   (그를 돌려세우며) 그 사이에 그 조무래기 시동 놈은 말을 잡아타고 세비야로 내뺐거고?

피가로   말을 타고 갔거나, 걸어갔거나 했겠죠!

백작   (그를 돌려세우며) 자네 호주머니에 그 녀석 발령장은 가지고 있겠지?

피가로　(조금 놀라서) 그러믄요. 그런데 왜 물으시죠? (처녀들에게) 자, 자, 아가씨들!

앙토니오　(셰뤼뱅의 팔을 끌어당기며) 여기 이 아가씨 말씀이 내 예비 조카사위가 거짓말쟁이라고 하던데.

피가로　(놀라서) 셰뤼뱅! …. (방백으로) 비겁한 녀석!

앙토니오　이제 알겠나?

피가로　(대답을 찾으면서) 알아들었어요. 알아들었다고요. 저 녀석이 뭐라 읊어대던가요?

백작　(냉담하게) 읊어댄 게 아니라 비단향꽃무 쪽으로 뛰어내린 게 자기라고 하더군.

피가로　(생각에 잠겨) 저 녀석이 그렇게 말했으면 그런 거겠죠. 전 제가 모르는 일 가지고 왈가왈부할 생각은 없습니다.

백작　그 얘긴, 자네와 저 녀석이!….

피가로　안 될 게 뭐 있습니까? 뛰어내리기 대결이 있었을 수도 있고요. 파뉘르주의 양들처럼요.[43] 나리께서 불같이 화를 내시는데 위험한 게 대수겠어요.

백작　어떻게 한꺼번에 둘이! ….

피가로　뛰어내리는 거라면 한꺼번에 스무 명인들 못 할까요

43_ 라블레의 『팡타그뤼엘』 제4서 8장에 나옴. 파뉘르주가 바다를 향해 양 한 마리를 던지자, 나머지 양떼들이 우르르 몰려 뛰어내렸다. 그리하여 양을 가장 우둔한 동물로 빗대어 말하곤 한다.

다친 사람도 없는데 문제될 게 있겠습니까. (처녀들에게)
가실 거예요, 마실 거예요?

백작　(격분해서) 연극을 한 거란 말이렷다?

(팡파르 소리가 들린다.)

피가로　자! 행진 신호가 울리는군요, 아가씨들. 자, 각자 위치로
갑시다. 쉬잔은 팔을 내주고.

(모두 사라진다. 셰뤼뱅은 혼자 남아 고개를 떨군다.)

7장
셰뤼뱅, 백작, 백작부인

백작　(피가로가 가는 것을 지켜보며) 저런 오만불손한 놈을 봤나?
(셰뤼뱅에게) 엉큼한 신사 양반, 창피하지도 않나, 어서 가서
냉큼 바꿔 입으시지. 그리고 잔치 마당 어디서고 네놈
낯짝은 안 봤으면 싶군.

백작부인　이 아이도 지루할 거예요.

셰뤼뱅　(어안이 벙벙해서) 제가 지루해 한다고요! 백 년을 감방에
서 썩는다 해도 지금은 이마에 행복이 가득한데요.

(그는 모자를 쓰고 물러난다.)

8장

백작, 백작부인(백작부인은 말없이 부채질을 세게 해댄다.)

백작 이마에 행복이 어떻다고?

백작부인 (당황해서) 처, 처음 장교모를 쓰니까 그렇다는 거겠죠. 아이들한테는 모든 게 놀잇감 아니겠어요.

(그녀는 나가려 한다.)

백작 부인, 왜 좀 더 있지 않고?

백작부인 제 몸 상태가 안 좋다는 거 아시잖아요.

백작 당신이 각별하게 생각하는 아인데 좀 더 자리를 지키고 있어야 하지 않겠소. 안 그러면, 당신이 화난 줄 알거요.

백작부인 결혼식이 두 건이나 있으니 어쩔 수 없네요. 앉아서 그들을 맞이하도록 하죠.

백작 (방백) 결혼이라! 막을 수 없다면 속이라도 좀 끓게 해줘야겠군.

(백작과 백작부인은 회랑의 한쪽을 향해 앉는다.)

9장

백작, 백작부인(앉아 있다. 행진곡 풍의 〈스페인의 광란〉이 연주된다.)

(행진)

    (어깨에 총을 맨 사냥터지기

    브리두와종. 브리두와종의 집달리와 조수들

    잔치의상을 입은 남녀 농부들

    하얀 깃털 달린 혼례관을 든 두 명의 처녀들

    하얀 베일을 쓴 두 명의 처녀들

    그 옆에 장갑과 부케를 든 두 명의 처녀들

    앙토니오는 자신이 쉬잔을 피가로에게 인도하는 사람인 양 쉬잔
에게 손을 건넨다.

    다른 젊은 처녀들도 혼례관과 베일, 앞의 것(마르슬린의 것)과
유사한 하얀 부케를 들고 있다.

    피가로는 마르슬린을 바르톨로에게 인도하기 위해 마르슬린에
게 손을 건넨다. 바르톨로는 큼지막한 부케를 들고 걷는다. 처녀들
은 백작 앞을 지나쳐서 쉬잔과 마르슬린을 위해 장신구 일체를
시종들에게 넘겨준다.

    남녀 농부들은 살롱의 양쪽에 두 줄로 정렬해서 캐스터네츠를
가지고 팡당고[44] 춤을 춘다. 그 사이 앙토니오는 쉬잔을 백작에게

••
44_ 스페인 안달루시아 지방의 춤.

인도하고, 쉬잔은 그 앞에 무릎을 꿇고 앉는다.

　백작이 그녀의 머리에 혼례관과 베일을 얹어주고, 부케를 건네준다. 두 명의 처녀들이 이중창을 부른다.)

(곡조)

젊은 신부여, 자신의 권리를 포기한
주인님의 은혜와 영광을 노래할지어다

쾌락보다 가장 고귀한 승리를 소중히 하시는
주인님은 정숙하고 순결한 그대를 남편 손에 넘겨주리니.

　(쉬잔은 무릎을 꿇고 있다가 이중창의 마지막 소절이 진행되는 동안, 백작의 외투를 잡아당겨 자신이 쥐고 있는 쪽지를 그에게 보여준다. 그러고 나서 그녀는 관객석 가까이에 있는 백작의 손을 자신의 머리에 얹는다. 백작이 그녀의 혼례관을 바로 잡아주는 시늉을 하는 동안, 그녀는 그에게 쪽지를 건넨다.

　백작은 자신의 가슴께에 주머니에 쪽지를 슬그머니 찔러 넣는다. 이중창이 끝나고, 쉬잔은 일어나 그에게 허리를 깊이 숙여 절을 한다.

　피가로가 다가와서 백작의 손에서 쉬잔을 인계 받아, 그녀와 함께 살롱의 다른 쪽 끝에 자리하고 있는, 마르슬린 근처로 간다. 인물들은 이 사이에 또 다른 곡조에 맞춰 춤을 춘다.

백작은 건네받은 쪽지를 읽으려 서둘러 무대 구석으로 가서 가슴팍에서 쪽지를 꺼낸다. 쪽지를 꺼내다 손가락을 심하게 찔린 시늉을 한다. 그는 손가락을 흔들고 누르고 빤다. 핀으로 봉한 쪽지를 바라보며 말한다.)

알마비바 백작에게 남몰래 쪽지를 건네는 쉬잔(생-캉탱, 1785).

백작　(그와 피가로가 말하는 동안 오케스트라는 피아니시모로 연주한다.)

하여튼 여자들이란! 사방팔방 온갖 데에다 핀을 꽂아댄 다니까!

　　(그는 핀을 바닥에 던져버리고는 쪽지를 읽은 후 거기에 입을 맞춘다.)

피가로　(이 광경을 지켜 본 피가로는 자기 어머니와 쉬잔에게 말한다.)

달달한 연애편지라도 되나본데요. 지나가던 아가씨가 슬쩍 건네준 모양입니다. 핀에 심하게 찔리셨나보네.

　　(춤이 다시 시작되고, 쪽지를 읽고 뒤집어 보다가 백작은 답장으로 핀을 되돌려달라는 요청의 글귀를 본다. 그는 바닥에서 핀을 찾아 헤매다 마침내 핀을 발견하고는 자신의 소맷자락에 핀을 꽂아둔다.)

피가로　(쉬잔과 마르슬린에게) 사랑하는 사람의 물건이라면 소중하지 않은 게 없다는 건가요. 핀까지 주워 모시겠다. 참 별난 분이야!

　　(이 사이에 쉬잔은 백작부인과 신호를 주고받는다. 춤이 멈추고, 이중창의 리토르넬로[45]가 다시 시작된다.

피가로는 쉬잔처럼 마르슬린을 백작 앞으로 인도한다. 백작이 혼례관을 만지는 순간, 노래가 시작되고, 다음의 외침 소리에

- -

45　17세기 오페라의 간주곡.

노랫가락이 중단된다.)

문지기 (문 앞에서 외침) 거기들 서시오! 당신네들 전부 들어갈
수 없소…. 보초병, 보초병, 이쪽으로 오시오!

(보초병들은 신속히 문 쪽으로 달려간다.)

백작 (일어서면서) 무슨 일이냐?

문지기 나리, 바질 씨가 노래 부르면서 걷는 통에 마을 사람들
에 둘러싸여 꼼짝 못 하고 있습니다.

백작 바질만 들여보내거라.

백작부인 저는 이만 물러갈게요.

백작 당신의 배려는 잊지 않겠소.

백작부인 쉬잔! … 쉬잔은 다시 돌아올 거예요. (방백으로, 쉬잔에
게) 가서 옷을 바꿔 입어야지.

(그녀는 쉬잔과 함께 나간다.)

마르슬린 그 사람이 오면 골치 아픈데.

피가로 걱정 마세요, 제가 가서 기를 팍 죽여 놓을 테니까요.

10장

백작부인과 쉬잔을 제외한 9장의 모든 사람들, 바질(기타를
들고 있다), 그립–솔레이유

바질 (마지막에 나오는 보드빌 곡조에 따라 노래 부르며 들어온다.)

다정한 마음, 충실한 마음은
가벼운 사랑을 꾸짖나니,
쓰라린 탄식은 그만둘지니
변덕이 죄가 될까?
큐피드에 날개가 있는 건,
이리저리 옮겨 다니기 위함이 아니던가?
이리저리 옮겨 다니기 위함이 아니던가?
이리저리 옮겨 다니기 위함이 아니던가?

피가로 (바질 앞으로 다가서며) 그렇고말고요. 큐피드의 등에 날개가 있는 건 바로 그 때문이지요. 이보시오, 그 노래로 하려는 얘기가 뭐요?

바질 (그립 솔레이유를 가리키며) 나리를 향한 나의 충정을 보여드리고, 나리의 충복인 이 사람 기분도 맞춰주고, 더불어 이번에는 내가 나리께 판결을 청하러 왔지.

그립-솔레이유 계속해 보시지요! 난 당신의 형편없는 곡조에 털끝만큼도 마음이 가지 않는데요.

백작 요컨대, 바질 선생, 당신이 요구하는 게 뭐요?

바질 그러니까 마르슬린의 주인은 다름 아닌, 저라는 말씀이지요. 그래서 반대의사를 밝히러 온 겁니다.

피가로 (다가서며) 이 정신 나간 사람 얼굴을 마지막으로 본 게 언제더라?

바질 바로 지금 아니겠소.

피가로 내 눈이 거울처럼 당신을 비추고 있으니, 내 예언의 효과를 톡톡히 감상해보시지요. 혹여 마님한테 접근할 기미가 보이기만 하면 ….

바르톨로 (웃으면서) 그러지 말고, 저자의 말이나 들어보자고.

브리두와종 (두 사람 사이로 다가가며) 필시 저 두 친구는 ….

피가로 우리가, 친구라고요!

바질 무슨 당치도 않은 말씀을!

피가로 (득달같이) 고리타분한 성가나 만드는 저치와 말입니까?

바질 (득달같이) 일기 쪼가리 문장이나 끄적거리는 저자와 말이요?

피가로 (득달같이) 객줏집 악사 나부랭이랑요!

바질 (득달같이) 문서 배달꾼이랑 말이요!⁴⁶

피가로 (득달같이) 잘난 체하는 성가 작곡가하고요!

바질 (득달같이) 외교행낭 마차꾼하고요!⁴⁷

• •

46_ [역주] 백작이 피가로를 통신원으로 삼아 런던에 데리고 가겠다는 것을 빗대어, 통신원을 비하하는 발언으로 볼 수 있다.

47_ 마차꾼이란 표현 역시 통신원을 염두에 두고 한 말이다.

백작 (앉아서) 둘 다 방자하기 짝이 없구나.

바질 눈 씻고 찾아봐도 저한테 그런 면은 없는뎁쇼.

피가로 뭐 군이 보자면 그렇게 말할 수도 있겠는데요.

바질 동네방네 나를 바보라 떠벌리고 다니는 모양이군.

피가로 그러니까 내가 떠버리라는 겁니까?

바질 내 실력을 빌리지 않고 박수갈채를 받은 가수는 없소.

피가로 야유를 받지 않은 가수가 없는 거겠지.

바질 한번 붙어보시겠다!

피가로 그게 사실이라면, 안 될 게 뭐 있겠어요? 사람들이
와서 비위를 살살 맞춰주니까 당신이 뭐 귀족 나리라도
되는 줄 아나본데? 당신한테 거짓부렁이나 쏟아내는 치
들한테 속지 말고, 현실을 똑바로 보라고요. 보아하니
진실을 듣고 싶어 온 것도 아닌 듯싶은데, 왜 군이 와서
우리 결혼에 깽판을 놓으려는 겁니까?

바질 (마르슬린에게) 당신, 나랑 약속했잖소, 4년 안에 혼처가
정해지지 않으면, 나한테 우선권을 주기로, 그랬소, 안
그랬소?

마르슬린 내가 어떤 조건으로 약속을 했드랬죠?

바질 당신이 잃어버린 아들을 찾게 되면, 내가 기꺼이 그
아이를 양자로 들인다는 조건이었지 아마.

일동 그 아이를 찾았거든요.

바질   그러거나 말거나.

일동   (피가로를 가리키며) 그 아들이 여기 있어요!

바질   (화들짝 놀라 뒤로 물러서며) 이 무슨 귀신 씨나락 까먹는 소리야!

브리두와종   (바질에게) 다, 당신이 그럼 그 어머니를 포기하면 되겠군!

바질   악당 놈 아비로 간주되는 것보다 더 난감한 일이 어디 있겠소?

피가로   나 역시도 꿈에라도 그런 아비의 아들이 되고 싶은 생각은 없습니다. 나를 모욕해도 분수가 있지!

바질   (피가로를 가리키며) 보아하니 이 자가 여기서 모종의 역할을 할 듯하니, 난 이쯤에서 손을 떼겠다고 선언하는 바이오

(그는 나간다.)

11장
바질을 제외한 앞장과 같은 배우들

바르톨로   (웃으며) 하하하하!

피가로   (기뻐서 펄쩍펄쩍 뛰며) 마침내, 신부가 내 차지가 됐구나!

백작   (방백으로) 나도 애인 하나는 건졌군.

(그는 일어난다.)

브리두와종 (마르슬린에게) 모 모두가 흡족하게 됐군요.

백작 계약서는 두 건으로 작성해 오게, 서명할 테니.

일동 만세!

(그들은 나간다.)

백작 나도 한 시간 정도 쉬었다 오겠네.

(그는 다른 이들과 함께 나간다.)

12장
그립–솔레이유, 피가로, 마르슬린, 백작

그립–솔레이유 (피가로에게) 저는 가서 지시하신 대로 마로니에 나무 아래에 불꽃놀이 준비를 해놓겠습니다.

백작 (부리나케 돌아와서는) 어떤 멍청한 놈이 그 따위 지시를 내렸다는 거냐?

피가로 뭐가 잘못됐습니까?

백작 (냉큼) 마님 몸이 불편하신데 거기서 불꽃놀이를 구경하실 거라 생각하느냐? 마님 처소 맞은편 테라스에다 준비하도록 해라.

피가로 알아들었지, 그립–솔레이유? 테라스에다.

백작 마로니에 나무 아래에 하겠다니! 아무리 생각이 없어도
그렇지! (나가면서, 방백으로) 하마터면 내 밀회장소에다 불
꽃을 피울 뻔했잖아!

13장
피가로, 마르슬린

피가로 웬일로 마님을 그리 챙기신대!

(그는 나가려한다.)

마르슬린 (그를 만류한다.) 아들아, 한 마디만 하자꾸나. 너한테
빚을 갚고 싶구나. 내 심보가 비뚤어져 네 곱디고운 신부
에게 그만 부당하게 대했더랬다. 난 그 아이가 백작과
정을 통하고 있다고 섣불리 넘겨짚었지 뭐냐. 바질한테
서 그 아이가 시종 백작을 한사코 뿌리치고 있다는 말을
들었는데도 말이다.

피가로 제가 여자들 충동에 휘둘릴 거라 생각하셨다면 이
아들을 잘못 보신 거예요. 제아무리 속이는 데 도가 튼
약삭빠른 여자라도 저한텐 어림없지요.

마르슬린 그렇다면 다행이고. 질투란 게 본디 …

피가로 … 오만에서 나온 어리석음이거나 미치광이들의 병증

이지요. 오! 어머니, 저한테도 나름의 확고한 철학이 있다
고요. 쉬잔이 언제고 저를 속이려 들면, 까짓것 미리 용서
해주죠 뭐. 쉬잔도 오랫동안 준비를 하게 될 테니까요
….

   (피가로는 몸을 돌리면서 팡셰트가 이러 저리 누군가 찾고 있는
   것을 본다.)

14장
피가로, 팡셰트, 마르슬린

피가로   아이쿠… 누가 엿듣나 했더니 우리 귀염둥이 사촌
    처제시구면!

팡셰트   아뇨! 전 그런 짓 안 해요. 엿듣는 건 비열한 짓이잖아
    요.

피가로   맞아. 하지만 쓸모가 있을 때도 있으니 사람들이
    서로서로 엿들으려 하는 거지.

팡셰트   여기에 누가 있나 본 것뿐이라고요.

피가로   본인이 숨어 있어놓고 뭘, 사기꾼 아가씨! 그 녀석이
    여기 있을 리 없다는 거 잘 알면서.

팡셰트   그 녀석이라뇨?

피가로 셰뤼뱅 말이야.

팡셰트 제가 찾는 건 그 사람이 아니에요. 그 사람이 어디 있는지는 잘 알고 있는데요 뭐. 쉬잔을 찾고 있었다고요.

피가로 쉬잔은 왜?

팡셰트 말씀드릴게요. 쉬잔한테 핀을 돌려주려고요.

피가로 (격하게) 핀이라고! 핀이라고 했어! …. 누구한테서? 그 나이에 벌써부터 (그는 정신을 가다듬고 부드러운 어조로 말한다.) 팡셰트, 맡겨진 일은 척척 잘도 해내는군. 우리 어여쁜 처제는 참 오지랖도 넓지!

팡셰트 그렇다고 이리 심술을 부리시는 거예요? 전 그만 갈래요.

피가로 (그녀를 붙잡으며) 아니, 아니, 내가 농담을 좀 한 거야. 그러니까 그 핀은 나리가 쉬잔에게 돌려주라고 준 핀이지, 쪽지를 봉하는 데 쓴 거 말이야. 어때 내 말이 맞지?

팡셰트 그렇게 잘 아시면서 왜 저한테 물으시는데요?

피가로 (살피면서) 나리가 처제한테 그 심부름을 시키면서 어떻게 했을까 상상해 보는 것만큼 재미있는 것도 없거든.

팡셰트 (순진하게) 형부가 한 것과 다르지 않아요. "자, 팡셰트, 이 핀을 네 어여쁜 사촌언니한테 전해주겠니. 그냥 아름드리 마로니에 나무의 핀이라고만 전하려무나."

피가로 "아름드리"…?

팡셰트 "마로니에 나무"요. 그리고 이렇게 덧붙이셨어요.
"아무한테도 들키지 않게 조심하고…."

피가로 그래서 순순히 따랐다. 다행히 아무한테도 안 들켰으
니, 이제 임무를 무사히 마쳐야겠지. 나리가 처제에게
명한 것 외에 쉬잔에게 다른 말은 하지 말고.

팡셰트 뭐 하러 제가 다른 말을 하겠어요? 우리 형부는 날
아주 어린애 취급하신다니까.

(그녀는 폴짝폴짝 뛰어 나간다.)

15장
피가로, 마르슬린

피가로 저기, 어머니?

마르슬린 그래, 아들?

피가로 (숨이 막히는 듯) 어머니 아들한테! …. 문제의 그 일이
실제로 일어난 것 같아요…!

마르슬린 문제의 그 일이라니! 무슨 일 말이냐?

피가로 (가슴에 손을 얹고) 어머니, 방금 들은 얘기가 납덩이처럼
여기를 짓누르네요.

마르슬린 (웃으며) 그러니까 그 넘치던 자신감이 고작 부풀어 오른 풍선에 불과했던 거란 말이지? 핀 하나에 뻥 터져버린 걸 보면 말이다!

피가로 (격분해서) 그 핀은 어머니, 나리가 바닥에서 주은 거라고요! ….

마르슬린 (피가로가 한 말을 상기하면서) "질투란 게! 오! 어머니, 저한테도 확고한 철학이 있다고요. 쉬잔이 언제고 저를 속이려들면, 까짓것 미리 용서해주죠 뭐 …."

피가로 (격하게) 아, 어머니! 말이야 뭔들 못 하겠어요. 세상에서 가장 냉철하다는 판사도 자기소송의 변론을 할 때는 법률을 교묘히 이용해 먹는다고요. 나리께서 불꽃 피우는 걸 보고 왜 그리 열을 내셨는지 이제 납득이 되네요. 핀 주인인 쉬잔도 자기가 마로니에 나무랑만 있을 거라고 생각할 정도로 그렇게 멍청한 여자는 아니라고요. 결혼도 한 마당에 저한테도 당연히 화낼 권리가 있는 거 아닌가요. 하지만 그녀를 버리고 다른 여자와 결혼할 가능성을 배제할 정도로 결혼생활을 오래한 것도 아니니 ….

마르슬린 결론 한번 시원하구나! 의심만으로 모든 걸 망칠 셈이냐! 쉬잔이 속여 넘기려는 게 백작이 아니라 너라고 일러준 자가 누구란 말이냐? 그래, 섣불리 넘겨짚기 전에 충분히 알아보기는 한 거고? 그 아이가 설령 마로니에 나무 아래로 나간다 치자, 어떤 의도로 가려는 건지, 거기서 무슨 얘기를 할 건지, 뭘 할 작정인지 알아보기는 한 거냐 말이다. 재판정에서는 그리 똑똑해 보이더니만 쯧쯧!

피가로 (예를 갖춰 마르슬린의 손에 키스를 하며) 어머니 말씀이 옳아요, 어머니. 언제나 어머니 말씀이 옳아요! 사태를 있는 그대로 봐야겠죠. 비난하고 행동에 옮기기 전에 찬찬히 살펴봐야겠어요. 밀회 장소가 어딘지도 알고 있으니, 일단 가봐야겠어요, 어머니.

(그는 나간다.)

16장
마르슬린(혼자)

마르슬린 가 보거라. 나도 거기라면 알고 있다. 일단 피가로를 주저앉히고, 쉬잔의 의중을 살피든가, 아니면 차라리 그 아이한테 귀띔해주든가 해야겠지. 곱디고운 아이인데. 사사로운 이해관계만 부딪히지 않으면, 우리같이 억압받는 불쌍한 여성들은 이 거만하고 인정머리 없고 멍청한

(웃으면서) 남정네들에 대항해서 서로 힘을 모아야 해.

(그녀는 나간다.)

제5막

무대는 정원 안에 있는 마로니에 숲을 보여준다. 정자 두
채 혹은 정원의 예배당이 오른쪽과 왼쪽에 위치해 있다. 안쪽
으로 잘 가꾸어진 숲속의 빈터, 앞쪽으로 잔디에 의자 하나가
놓여 있다. 무대는 어둑어둑하다.

1장

팡셰트(혼자, 한 손에는 비스켓 두 개와 오렌지 한 개를 들고 있고, 다른 손에는 초롱불을 들고 있다.)

팡셰트 왼쪽 정자라고 했었지. 여긴 것 같은데. 그이가 안 오면 어쩌지! 오늘 잔치에서 시시할망정 내 역할은 또 어떻게 되는 거고 …. 주방 사람들은 오렌지 하나, 과자 두 개 주는 것도 쩨쩨하게 군단 말이지. "아가씨, 어느 분께 드리는 거지?" "아무개 씨께 드리는 거겠죠" "오라, 알만하군!" 나리께서 그이를 꼴도 보기 싫어하시니, 행여 굶어 죽지나 않을까 걱정이야. 그래서 내가 뺨에다 진하게 키스 한번 찍어주고 얻어왔잖아! 그이는 나한테 은혜를 갚으려 하겠지. (그녀는 자신을 살피고 있는 피가로를 발견한다. 그녀는 비명을 지른다.) 아! ….

  (그녀는 도망쳐 자신의 왼쪽에 있는 정자 속으로 들어간다.)

2장

피가로(어깨에 기다란 망토를 두르고 큼지막한 챙달린 모자를 쓰고 있다), 바질, 앙토니오, 바르톨로, 브리두와종, 그립-솔레이유, 하인들과 일꾼들

피가로 (혼자서) 팡셰트로군! (그는 무리들이 도착하자 다른 이들을 눈으로 훑어보고, 험악한 어조로 말한다.) 안녕하십니까. 다들 모이신 겁니까?

바질 자네가 부랴부랴 불러 모은 사람들이네.

피가로 대략 몇 시쯤 됐죠?

앙토니오 (하늘을 쳐다보며) 달이 뜰 때쯤 됐지.

바르톨로 또 무슨 엉큼한 음모를 꾸미려고? 영락없는 모사꾼 모양새군!

피가로 (흥분해서) 결혼식 때문에 이 저택에 발걸음을 하신 거 아니었습니까?

브리두와종 다 당연하지.

앙토니오 저기 정원에서 이제나 저제나 자네 혼례잔치가 시작되기를 기다리고 있었네.

피가로 더 멀리 가시지 마시고요. 여기 이 마로니에 나무들 아래에서 제 정숙한 신부와 신부를 저에게 점지해주신 공정하신 나리를 기다리도록 하죠.

바질 (낮 동안의 일을 기억하며) 아! 무슨 소린지 알아들었네. 이곳이 문제의 밀회장소라 이 말이지. 저리로 물러나 있도록 합시다. 설명은 저리로 가서 제가 해드리지요.

브리두와종 (피가로에게) 우 우리는 갔다가 다시 돌아오겠네.

피가로 제가 부르면, 모두들 지체 없이 뛰어들 오십시오, 혹여 끝내주는 장면은 못 보여드려도, 이 피가로가 당한 불행은 속속들이 말씀드리겠습니다.

바르톨로 기억해두게, 현명한 사람은 상전들과 시빗거리를 만들지 않는다는 걸.

피가로 명심하겠습니다.

바르톨로 윗분들이야 신분상 언제나 우리한테 으뜸패를 낼 수 있으니까 말일세.

피가로 잊으셨나본데, 그분들도 한번 겁쟁이로 낙인 찍히면, 아무리 재주가 좋아도 온갖 사기꾼들 손아귀에서 놓여날 수 없지요.

바르톨로 그건 그렇지.

피가로 저도 어머니 가문으로부터 '베르트–알뤼르'라는 이름을 물려받았지 않습니까.

바르톨로 완전히 기가 살았구먼.

브리두와종 와 완전히 ….

바질 (방백으로) 나를 따돌리고 백작과 쉬잔이 작당을 했단 말이지? 그렇다고 무시당했다고 성을 내면 나만 손해겠지?

피가로 (하인들에게) 내가 지시한 대로 너희들도 이 부근에 불을 밝혀두어라. 안 그러면, 누구든 내 손에 걸리는 즉시

죽사발을 만들어줄 테니.

(그는 그립–솔레이유의 팔을 잡고 비튼다.)

그립–솔레이유 (비명을 지르고 울먹이며 나간다.) 아, 아! 이런! 깡패가
따로 없군!

바질 (나가면서) 이보게, 신랑, 하늘이 자네 편이길 빌겠네!

(그들은 나간다.)

3장

피가로(혼자서 어둠 속을 왔다 갔다 하며, 비통한 어조로 말한다.)

피가로 오, 여자여, 여자여! 연약하고도 기만을 일삼는 족속이
여! …. 자기 본능을 제어할 수 있는 피조물이 세상 어디
있겠냐마는, 네 본성은 정녕 남을 기만하는 것이더냐?
…. 내가 마님께 백작을 속이자는 제안을 할 때는 한사코
내 뜻을 마다하더니. 마님이 내 말을 듣는 것 같으니까,
심지어 결혼식 도중에 … 발칙한 계집 같으니라고, 백작
은 편지를 읽으면서 배시시 웃기까지 하더군! 난 바보같
이! …. 아뇨, 백작님, 당신이 쉬잔을 차지하시겠다고요,
어림없죠. 가만히 앉아 당하고만 있지는 않을 겁니다.
대 영주랍시고 당신이 뭐 대단한 재능을 가지고 있는

줄 아나본데! …. 귀족, 재산, 혈통, 지위, 뭐 이런 것들로
기고만장해진 거지! 그런 막대한 재산을 쌓는 데 당신이
무슨 노력을 했단 말입니까? 세상에 태어나는 수고야
했겠지만, 그 이상은 하나도 한 게 없죠. 되레 평범하기
짝이 없는 위인 아닙니까. 반면, 나로 말하면, 젠장! 낯모
를 사람들 속에 버려져서 난 오로지 살아남기 위해 갖은
수완과 술수를 부려야 했단 말입니다. 백 년 전 스페인
전역을 다스리는 데도 이만한 재주가 필요하진 않았을
겁니다. 그런 나랑 한판 붙어보시겠다 …. 누가 오나 …
쉬잔인가 …. 아무도 아니군. 칠흑같이 어두운 밤이구나.
반 쪼가리 남편도 남편이라고 내가 남편 노릇을 하는구
나! (그는 벤치 위에 앉는다.) 나처럼 기구한 운명이 또 있을까!
아비가 누군지도 모른 채, 산적들에게 유괴당해 그들의
풍습대로 길러졌지. 하지만 난 그들의 풍습이 싫어서
어떻게든 바르게 살아보려고 했어. 사방에 밀어내는 사
람들뿐이더군! 화학, 약학, 외과학을 연마하고, 대 귀족의
신임을 얻어 가까스로 수의사 자격을 취득하고 수술 메스
를 들게 됐지. 하지만 병든 짐승들 아프게 하는 것도
신물 나고 해서 정반대의 직업을 갖고 싶어지더군, 그래
서 연극계에 투신했지. 헌데 그게 목덜미에 돌덩이를
매단 꼴이 되더군! 하렘의 풍습에 관한 희극을 대충 지어

완성하면서 별 거리낌 없이 마호메트를 조롱했는데, 웬 사신이란 작자가 불쑥 나타나서는 내가 터키, 페르시아 왕조, 인도, 이집트 전역, 바르카, 트리폴리, 튀니지, 알제리, 모로코 왕국을 모욕했다고 생난리를 쳐대더군. 덕분에 내 연극은 폭삭 망했지. 생판 글도 모르는 마호메트의 왕자들 심기를 건드리지 않기 위해서였던 거지. 그 왕자들로 말하면 우리를 "기독교 개새끼들!"이라고 부르면서 우리 기를 찍어 누르려는 족속들이지. 내 재능을 어쩌지 못하겠으니까 깎아 내리면서 앙갚음을 하려 했던 거지. 볼따구니는 홀쭉해지고 어음 지불 기한은 만기가 돼서 돌아오고, 멀쩡이서 나는 가발 속에 펜대를 꽂은 집달리들이 들이닥치는 걸 지켜볼 수밖에 없더군. 몸이 부들부들 떨렸지만 꼿꼿이 버티려 사력을 다했지. 당시에 부의 본질에 관한 문제가 화두가 되고 있었는데, 가진 사람만 따져 물을 자격이 있으랴 싶어, 무일푼인 주제에 화폐의 가치와 순이익에 대한 글을 휘갈겨 써보았지. 그랬더니 삯마차 안쪽에서 보니 득달같이 요새 같은 성채의 다리가[48] 내 앞으로 철컥철컥 내려오는 게 보이더군. 그러니 어쩌겠나, 그 입구에다가 희망과 자유를 내려놓을밖에.[49]

• •

48_ 바스티유 감옥을 일컬음.

(그는 일어선다.) 하루살이 권력자들이라 해도 누구든 대면할 수만 있으면 좋겠다 싶더군! 자신이 지시한 악행에 무심한 그자들 면전에다 제대로 쏘아붙여주게 말이야 …. 인쇄된 글나부랭이들은 궁정에서 말고는 시빗거리도 되지 않는다고, 비판할 자유가 없으면 기분 좋은 찬사도 아무 의미가 없는 거라고, 자잘한 잡문들을 두려워하는 건 소인배들이나 할 짓이라고 말이야. (그는 다시 앉는다.) 정체 모를 수감생을 먹이는 데도 지쳤는지 그들은 어느 날 길바닥에 내던지더군. 먹고는 살아야겠기에 감옥은 아니지만 펜을 다시 다듬고, 여기저기 요즘 화젯거리가 뭐냐고 물으며 다녔지. 누가 그러더군, 내가 감옥에 가 있는 동안 마드리드에서는 상품 판매의 자유 시장 제도가 생겨나 출판에까지 확대되었다고 말이야. 당국이나 종교, 정치, 도덕, 유력 인사들, 명망 있는 지체들, 오페라, 공연작가들, 거물급들만 안 건드리면, 뭐든 자유롭게 출판할 수가 있다고. 검열관 두세 명만 통과하면 끝이라고. 이런 기분 좋은 자유는 누리고 봐야겠다 싶어 정기적으로 글을 발표하겠다고 공표했지. 누구의 영역도

49_ 이 대목은 단테의『신곡』「지옥편」의 구절을 연상시킴. "여기 들어오는 너희들은 모든 희망을 버릴지어다"(3곡 9절). 단테가 지옥에 들어가기 전, 보게 되는 지옥문에 새겨진 글귀이다.

안 건드릴 생각으로 이름도 <쓸데없는 신문>이라고 붙이고 말이야. 그런데 웬걸! 이번에는 가난뱅이 유인물 글쟁이들이 떼지어 들고 일어나더군. 신문은 폐간되고, 난 다시 실업자 신세로 전락했지! 실의에 빠져 어깨를 축 늘어뜨리고 있는데 누가 자리 하나를 마련해주더군. 불행히도 나는 그 일에 기가 막힌 적임자였어. 그들 입장에서 보면 베 고르려다가 삼베 고른 격이라고나 할까.[50] 하여간 나는 훔쳐내기만 하면 됐어. 도박판의 딜러가[51] 됐거든. 어찌나 선량한 사람들이었는지! 이윤의 사분의 삼 정도를 손에 쥐게 되니까 소위 '내로라하는' 인사들이 내가 시내에 나가 식사라도 할라치면, 앞다투어 자기 집 대문을 열어주더군. 그때 다시 제자리로 돌아갈 수도 있었는데. 재산을 모으려면 지식보다 수완이 중요하다는 걸 깨친 것도 그 무렵이었어. 하지만 나한테는 정직하라

..

50_ [역주] 원어로는 Il fallait un calculateur; ce fut un danseur qui l'obtint으로 직역하면, 계산에 능통한 사람이 필요했는데, 정작 그 자리를 꿰찬 건 무용수다, 라는 뜻이다. 이 문장은 차후에 속담처럼 많이 인용되었다. 여기서는 너무 고르면, 최악의 선택을 하게 된다, 내지는 너무 고르면, 결국에 엉뚱한 것을 고르게 된다는 의미이다.

51_ [역주] 원어로는 banquier de pharaon으로, 프랑스어로는 파라옹, 영어로는 파로라는 카드게임에서 게이머를 상대로 혼자서 게임을 운영하는 사람을 일컫는다.

고 해놓고 다들 나한테서 탈탈 털어가니 어쩌겠나. 또 쫄딱 망할밖에. 이번에는 내가 세상과 등을 질 결심으로 바다 모를 깊은 물속에 풍덩 몸을 던졌지, 그런데 그때 은혜를 베푸는 하느님께서 나를 다시 원래의 자리로 부르시더군. 그래서 다시 이발통과 가죽 주머니의 먼지를 털어냈지. 이발로 먹고 사는 얼간이들한테 소문을 피우고, 떠돌이처럼 창피함도 길바닥에 던져버리고, 이 마을 저 마을로 면도를 하러 다녔지. 그러다 보니 어느덧 근심 걱정 없이 살게 되더군. 그러던 어느 날 대 귀족 나리가 세비야를 지나치다가 나를 딱 알아본 거야. 내가 우여곡절 끝에 결혼을 시켜드렸지. 그랬는데 결혼을 성사시킨 내 수완에 보답이랍시고 한다는 게 글쎄 내 신붓감 가로채기더란 말이지! 이런 일에는 음모와 소동이 있게 마련이지. 하마터면 구렁텅이에 빠져 내 어머니와 결혼할 뻔 했는데 바로 직전에 부모님이 연달아 나타났지. (그는 흥분해서 자리에서 일어난다.) 너나없이 싸움질을 해대더군. 당신 때문이다, 저 사람 때문이다, 나 때문이다, 너 때문이다 하고, 아니, 우리 때문이 아니다. 그럼 누구 때문이지? 하고 말이야. (그는 다시 쓰러지듯 앉는다.) 정말이지 기묘한 사건들의 연속이었지! 왜 하필 나한테 이런 일이 일어나 난 말이야? 왜 다른 일도 아니고 이처럼 어처구니없는 일이? 도대체 누가 내 운명에 이런 일을 꽂아 두었느냐고? 알지도 못하는 길로 들어서서 어쩔 수 없이 길을 따라 가야만 했듯이, 나는 내 의사와 상관없이 거기서 벗어나게 되리라 생각하고 내 쾌활한 성격에 따라 가는 길 위에다 한껏 꽃들을 흩뿌려놓았지. 내 쾌활함에 대해 다시 얘기하자면, 난 그 쾌활함이란 자질이 다른 자질들을 능가하는 진정 나 자신의 성격인지 아닌지 모르겠더라고, 심지어는 내가 관심을 두고 있는 나란 놈이 과연 어떤 인간인지도 모르겠고. 정체 모를 부분들의 무정형의 조합인지, 어리석기 짝이 없는 보잘것없는 존재인지, 즐기기 위해서라면 온갖 취미를 섭렵하고, 먹고살기 위해 별의별 직업을 전전하면서도 쾌락을 쫓는 열정적인 젊은이인지, 운이 정해주는 대로 여기서는 주인 노릇하고 저기서는 하인 노릇하는 인간인지, 뭔지 말이야! 허영심에 야망을 품어보기도 하고, 필요하다 싶으면 부지런을 떨어보기도 했지만, 누가 뭐래도 기분 좋은 거로는 게으름 피우는 게 최고더라고! 입을 놀리는 게 안전하다 싶을 때는 웅변가가 돼 보기도 하고, 심심풀이로 시인 행세를 하기도 하고, 때에 따라서는 음악가가 되기도 하고, 무지막지한 열정으로 사랑에 빠지기도 하고. 이 몸으로 말하면 안 해본 일이 없고, 보지 못한 게 없고,

글로 써 보지 않은 게 없단 말이지. 그러고 나서 허상이 무너지니까 환멸이 찾아오더군, 처절한 환멸이! …. 쉬종, 쉬종, 쉬종! 당신은 정말이지 나한테 지독한 고통을 안겨 주는군! …. 발걸음 소리가 들리는데 … 누가 오나보군. 결전의 순간이 오는구나!

(그는 오른쪽 무대 뒤로 물러난다.)

4장

피가로, 쉬잔(백작부인의 옷을 입고 있다), 백작부인(쉬잔의 옷을 입고 있다), 마르슬린

쉬잔 (백작부인에게 작은 목소리로) 맞아요, 어머님 말씀이 피가로 가 이곳으로 올 거래요.

마르슬린 백작님도 여기 계실지 모르니, 목소리를 낮추렴.

쉬잔 한 사람은 우리 애길 엿듣고, 다른 한 사람은 저를 찾아올 테니, 시작해 볼까요.

마르슬린 한 마디도 안 놓치려면, 이 정자 속에 숨어 있어야겠 군.

(그녀는 팡세트가 들어가 있는 정자로 들어간다.)

5장

피가로, 백작부인, 쉬잔

쉬잔 (큰 소리로) 마님, 몸을 떨고 계시네요! 추우신가 봐요?

백작부인 (큰 소리로) 저녁때가 되니 공기가 습해지는구나, 안으로 들어가야겠다.

쉬잔 (큰 소리로) 마님께서 괜찮으시면, 전 잠시 이 나무 아래서 바람 좀 쐴게요.

백작부인 (큰 소리로) 밤이슬을 맞을 텐데.

쉬잔 (큰 소리로) 괜찮아요.

피가로 (방백으로) 오, 그래, 밤이슬이라고!

(쉬잔은 피가로와 반대편 무대 뒤로 물러난다.)

6장

피가로, 쉬잔, 셰뤼뱅, 백작, 백작부인 (피가로와 쉬잔은 각자 무대 앞 양쪽 가장자리로 물러나 있다.)

셰뤼뱅 (장교복장을 하고 흥겹게 연가의 후렴구를 흥얼거리며 들어온다.)
라, 라, 라, 저한테는 언제나 존경하는 대모님이 있답니

다.[52]

백작부인 (방백으로) 셰뤼뱅이잖아!

셰뤼뱅 (멈춰 서서) 사람들이 오가고 있으니 숨을 곳을 찾아야겠는 걸. 어여쁜 팡셰트가 있는 곳에 가서 ⋯. 그 아이도 뭐 여자긴 하니까!

백작부인 (그 말을 듣고서) 아니, 어쩐다!

셰뤼뱅 (멀찌감치 그녀를 보고 몸을 낮춘다.) 내가 착각했나? 어두컴컴해서 그런가, 멀리서 보니 머리장식 깃털이 꼭 쉬잔처럼 보이는데.

백작부인 (방백으로) 나리가 오기라도 하면 어쩌지! ⋯.

(백작이 안쪽에서 나타난다.)

셰뤼뱅 (백작부인에게 다가가서 그녀의 손을 잡자. 부인은 뿌리치려 한다.) 그래요, 이름도 매력적인 쉬잔 아가씨. 이 보드라운 손을 잡기만 해도 떨리고, 심장이 쿵쾅거리는데 어찌 착각할 수 있을까!

(셰뤼뱅은 자신의 심장에 부인의 손등을 가져가려한다. 그녀는 뿌리친다.)

백작부인 (속삭인다.) 저리 가!

셰뤼뱅 나를 가엽게 여겨 내가 아까부터 숨어 있는 이곳

· ·
52_ 2막 4장에 나온 연가의 제5절.

정원에 온 거라면? ….

백작부인　피가로가 올 거야.

백작　(앞으로 나서서 방백으로 말한다.) 저기 보이는 게 쉬잔 아냐?

셰뤼뱅　(백작부인에게) 설령 피가로라 한들 겁먹을 게 뭐 있어. 당신이 기다리는 사람은 딴 사람인데.

백작부인　그게 누군데?

백작　(방백으로) 누구랑 같이 있는 거 같은데.

셰뤼뱅　내숭덩어리, 누군 누구야 오늘 아침 당신한테 만나자고 청한 나리지. 그때 내가 소파 뒤에 있었잖아.[53]

백작　(화가 치밀어 올라. 방백으로) 또 저 녀석이군, 성가신 놈 같으니라구!

피가로　(방백으로) 남의 말 엿들으면 안 된다고 하더니만!

쉬잔　(방백으로) 저 입 좀 다물게 해야 되는데!

백작부인　(셰뤼뱅에게) 말 좀 들어, 저리 가라고!

셰뤼뱅　적어도 뭔가 생기는 게 있어야 들어주지.

백작부인　(겁을 먹고) 뭘 원하는데?

셰뤼뱅　(열띤 어조로) 먼저 당신 몫으로 키스 스무 번, 그러고 나서 마님 몫으로 백 번!

백작부인　언감생심 그걸 하겠다고?

• •

53 ͨ 1막 8장.

셰뤼뱅 물론이지, 해볼 참인데. 당신은 나리 곁에서 마님 자리를 꿰어 차고, 나는 당신 곁에서 백작님 자리를 차지하고. 피가로만 낙동강 오리알이 되는 거지.

피가로 (방백으로) 이런 불한당 같은 놈이 있나!

쉬잔 (방백으로) 시동 주제에 맹랑하기는!

　　　　(셰뤼뱅은 백작부인에게 입을 맞추려 한다. 백작이 두 사람 사이에 비집고 들어와 셰뤼뱅의 키스를 받는다.)

백작부인 (물러서며) 아, 하느님 맙소사!

피가로 (방백으로, 키스하는 소리를 들으며) 내가 이렇게 앙큼하기 이를 데 없는 여자와 결혼했단 말이지!

　　　　　　　　　　　　　　　　　　(귀를 기울인다.)

셰뤼뱅 (백작의 의상을 더듬으며, 방백으로) 아, 나리!

　　　　(그는 팡셰트와 마르슬린이 들어가 있는 정자 속으로 달아난다.)

7장
피가로, 백작, 백작부인, 쉬잔

피가로 (다가가며) 내가 납셔주지 ….

백작 (셰뤼뱅에게 말한다고 생각하고) 어디 한번 더 해보시지.

　　　　　　(백작은 셰뤼뱅인 줄 알고 그의 뺨을 후려친다.)

피가로   (가까이 다가갔다가 뺨을 얻어맞고는) 아야!

백작   … 이게 내 첫 번째 분풀이다.

피가로   (뺨을 문지르며 뒤로 물러서면서, 방백으로) 엿들었다가 젠장 얻은 거 하나 없네.

쉬잔   (다른 쪽에서 큰 소리로 웃으면서) 하하하하!

백작   (쉬잔인 줄 알고 백작부인에게) 저 하인 녀석에게 무슨 얘기 들은 거 없느냐? 나한테 귀싸대기를 얻어맞고도 웃으면서 달아나던데.

피가로   (방백으로) 그 아이라면야 아파했겠지요!

백작   젠장! 한 발짝도 내딛질 못하겠구나 …. (백작부인에게) 너를 만나는 즐거움에 초를 칠지도 모르니 저 별난 놈은 그냥 내버려 둬야겠다.

백작부인   (쉬잔의 말소리를 흉내 내며) 고대하고 계셨어요?

백작   아무렴, 네 깜찍한 쪽지를 받고 그랬지! (그는 그녀의 팔을 잡는다.) 몸을 떠는구나?

백작부인   무서웠어요.

백작   녀석의 키스를 가로채려고 그 녀석 입술과 부딪힌 게 아니다.

(그는 그녀의 이마에 키스한다.)

백작부인   제멋대로시네요!

피가로   (방백으로) 앙큼한 것!

쉬잔   (방백으로) 아유 멋있기도 하셔라!

백작   (자기 부인의 손을 잡으며) 어찌 이리 보드랍고 섬세할 수가 있느냐! 부인의 손도 이렇게 고우면 좋으련만!

백작부인   (방백으로) 참 어이가 없네!

백작   단단하고 포동포동한 팔며, 우아하고 앙증맞고 어여쁜 손가락은 또 어떻고?

백작부인   (쉬잔의 목소리로) 그래서 사랑하시는 거예요?

백작   사랑이란 건 … 마음속에서 그려 내는 소설일 뿐이야. 사랑이야기를 만들어주는 건 쾌락이라는 거다. 나를 네 무릎 앞으로 끌어당긴 것도 바로 그 쾌락이고.

백작부인   그럼 더는 마님을 사랑하시지 않는 거예요?

백작   더없이 사랑하지. 3년을 같이 살다보니 결혼이라는 걸 존중하게 됐거든.

백작부인   그럼 마님한테서 뭘 바라셨는데요?

백작   (그녀를 애무하며) 내가 너한테서 발견한 거지. 내가 아름답다고 느끼는 건 ….

백작부인   어서 말씀해보세요.

백작   … 글쎄. 아마도 좀 더 개성 넘치고 몸가짐에 있어서도 톡 쏘는 맛이랄까. 뭔지 모를 매력이라고나 할까. 때로는 뿌리치기도 하는, 뭐 그런 거 말이야? 여자들은 사랑하면 모든 걸 다 성취했다고 생각하더라고. 여자들은 일단 사랑에 빠졌다고 말부터 하고 나서, 우리한테 푹 빠져들지, 쏙 빠져드는 거야! 사랑에 풍덩 빠지면 정성이란 정성은 다 쏟아붓고, 한없이 배려하지, 언제나 그리고 한결같이. 하지만 그러다 보면 어느 날 문득 남자는 질려버리게 돼, 자신이 찾아 헤매던 그 행복감에 싫증이 나게 되는 거지.

백작부인 (방백으로) 아! 교육 한번 제대로 받고 있구나!

백작 사실 말해서, 쉬종, 내가 골백번도 더 생각해봤는데, 우리가 부인들을 피해 쾌락을 쫓는 건, 부인네들이 애정을 지탱해주고, 사랑의 불꽃을 되살리고 하는, 말하자면 다방면으로 자기만의 매력을 개발하려는 노력을 게을리하기 때문이야.

백작부인 (성이 나서) 그럼 모든 게 부인들 탓이라는 거군요?

백작 (웃으면서) 남자는 아무 잘못이 없느냐고? 천성을 바꿔야 한다고? 우리의 도리는 여자들을 꼬시는 거고, 여자들의 도리는 ….

백작부인 여자들의 도리는?

백작 우리를 붙잡아두는 거지. 근데 그걸 너무 망각하고 있다니까.

백작부인 잊지 않도록 할게요.

백작 나도.

피가로   (방백으로) 나도.

쉬잔   (방백으로) 나도.

백작   (자기 아내의 손을 잡는다.) 소리가 왜 이렇게 윙윙 울리지.
목소리를 낮춰야겠다. 너야 그런 걱정을 할 필요 없지.
너로 말하면 생기발랄하고 아리땁고, 사랑을 위해 태어
난 피조물 그 자체니까! 변덕스런 성정만 조금 보태면
너는 세상에서 가장 애교 넘치는 애인이 될 재목이다.
(그는 그녀의 이마에 키스한다.) 나의 쉬잔, 카스티유 사람은
한 번 내뱉은 말은 꼭 지키지. 자, 여기 내가 약속한 금붙이
다. 네가 나에게 잃어버린 권리를 되사게 해준 데 대한,
달콤한 순간을 허락해준 것에 대한 보상이다. 거기다가
아무 대가 없이 다정함까지 보여주었으니, 이 보석까지
얹어주마. 나에 대한 사랑의 징표로 지니고 있거라.

백작부인   (절을 한다.) 쉬잔은 어떤 것도 사양치 않겠나이다.

피가로   (방백으로) 이보다 더한 탕녀가 있을까!

쉬잔   (방백으로) 한몫 단단히 챙기겠는데.

백작   (방백으로) 구미가 당기는가 보군. 잘 됐어.

백작부인   (무대 안쪽을 바라보며) 불꽃들이 보이는데요.

백작   네 혼례잔치 준비가 한창인가 보구나. 저들이 지나갈
동안 잠시 정자 안에 들어가 있자꾸나.

백작부인   등불도 없는 데를요?

백작　(그녀를 가만히 이끌어간다.) 등불이 무슨 필요가 있어? 글

　　읽을 일도 없는데.

피가로　(방백으로) 정말 저리로 들어가네! 내 그럴 줄 알았지.

　　　　　　　　　　　　　　　　　　(그는 앞으로 다가간다.)

백작　(뒤를 돌아보며 목소리를 높여) 거기, 지나가는 게 누구냐?

피가로　(성이 나서) 지나가다니요! 일부러 온 건데요.

백작　(낮은 소리로, 백작부인에게) 피가로야! ….

　　　　　　　　　　　　　　　　　　　　(그는 달아난다.)

백작부인　저도 나리를 따라 가겠어요.

　　　　(그녀는 오른쪽 정자로 들어간다. 그 사이에 백작은 안쪽에 있는

　　　　숲으로 사라진다.)

8장

피가로, 쉬잔 (어둠 속에서)

피가로　(백작부인을 쉬잔으로 착각하고는 백작과 그녀가 어디로 갔는지

　　찾아 헤맨다.) 아무 소리도 안 들리는데. 내가 오니까 어디로

　　내빼버렸군. (어조를 바꾸어) 탐정을 고용하고도 몇 달을

　　수상쩍은 의심 주변만 맴도는 어리바리한 남편들이여,

　　저를 따라하심이 어떠실는지. 결혼 첫 날부터 마누라

꽁무니를 쫓아다니고, 그녀의 일거수일투족에 귀를 쫑긋 세우고, 신속하게 상황파악을 완료하고. 그럼 놀랍게도 한 점의 의심도 남지 않게 되죠. 어떻게 처신해야 할지도 알게 되고요. (거침없이 왔다 갔다 하며) 다행히 쉬잔이 배반했더라도 저한테는 아무 피해가 없으니 신경 쓸 것도 없고요. 마침내 현장을 잡았어!

쉬잔 (어둠 속에서 살그머니 다가와. 방백으로) 나를 의심한 대가를 톡톡히 치르게 해주지. (백작부인의 목소리로) 거기 누구죠?

피가로 (열불이 나서) 거기 누구냐고요? 저 가증스런 여자에게 천벌을 내리시라고 나면서부터 하느님께 간절히 기도한 사람이지요.

쉬잔 (백작부인의 어조로) 피가로군요.

피가로 (백작부인을 바라보며. 냉큼 말한다.) 마님 아니세요!

쉬잔 목소리를 낮춰요.

피가로 (재빨리) 아! 마님, 때마침 잘 오셨습니다. 나리께서 어디 계신 줄 아십니까?

쉬잔 그 뻔뻔한 사람이 어디 있거나 말거나 신경 안 써요.

피가로 (더 다급하게) 그럼 제 아내 쉬잔은요, 쉬잔이 어디 있는지 아십니까?

쉬잔 소리 좀 낮춰요.

피가로 (아주 다급하게) 얌전하고 조신한 체한 그 쉬종 말입니다!

그들이 저 안으로 들어갔단 말입니다. 불러볼까요.

쉬잔 (손으로 피가로의 입을 막고, 자신이 변장한 사실을 잊어버리고는) 부르지 마!

피가로 (방백으로) 어라, 이건 쉬잔인데. 갓ー뎀!

쉬잔 (백작부인의 어조로) 근심거리가 있는 모양이군요.

피가로 (방백으로) 이런 배신자! 나를 속여보시겠다!

쉬잔 피가로, 우리도 복수를 해야 하지 않겠어요.

피가로 정말로 그런 마음이신가요?

쉬잔 나는 뭐 여자 아닌가요? 복수를 위해서라면 남자들은 물불 안 가리고 별의별 수법을 다 동원하더군요.

피가로 (은근하게) 마님, 여기도 뭐 방해할 사람은 없으니. 여자들 수법도 … 똑같이 먹힐 겁니다.

쉬잔 (방백으로) 싸대기라도 한 대 갈겨줄까!

피가로 (방백으로) 결혼식 전이라면 재밌게 놀려먹을 수 있었을 텐데! ….

쉬잔 그런데 어떤 종류의 복수 말인가요? 사랑 놀음을 조금 가미해야 하지 않을까요?

피가로 설령 안 보인다 해도 사랑이야 본디 어디에나 있는 거 아니겠습니까. 존경심 아래 잘 감춰져 있기도 하고요.

쉬잔 (흠칫 놀라서) 진심으로 그렇게 생각하시는지는 모르겠지만, 선의로 하시는 말씀은 아닌 것 같군요.

피가로 (무릎을 꿇고 코믹한 열정을 담아) 아, 마님! 사모합니다. 시간과 장소, 상황을 잘 살피셔서 마님의 원통함을 부족하나마 저의 기도의 은혜로 채워보심이 어떠실는지요.

쉬잔 (방백으로) 주먹이 운다, 주먹이 울어!

피가로 (방백으로) 심장이 벌렁벌렁 뛰는데!

쉬잔 하지만, 피가로 씨, 심사숙고하신 건가요? ….

피가로 네, 마님, 네, 심사숙고한 겁니다.

쉬잔 … 분노도 그렇고 사랑도 그렇고….

피가로 … 미루면 잃게 마련이지요. 손을 내어주시지요, 마님?

쉬잔 (피가로의 따귀를 때리고 원래 자기 목소리로) 자 여깄다!

피가로 아야! 데모니오![54] 따귀가 웬 말이야!

쉬잔 (두 번째 따귀를 때린다.) 따귀가 웬 말이냐고! 그럼 한 대 더 맛 좀 보시지?

피가로 케스 아쿠오![55] 젠장! 오늘은 귀싸대기 맞는 날인가 보군?

쉬잔 (말 한 마디 한 마디 할 때마다 그를 때리며) 뭐! 케스 아쿠오? 한 대는 당신 의심에 대한 거고, 또 한 대는 당신의 배신과 술수, 모욕, 꼼수에 대한 거야. 오늘 아침에 당신이 말한

· ·

54_ Demonio. 이태리어 속어로 "제기랄"이란 뜻.

55_ qu'es aquo. "이게 뭐야?"란 뜻.

사랑이란 게 고작 이거란 말이야?

피가로   (다시 일어서며 웃는다.) 산타 바바라![56] 그래 그게 사랑이야. 오, 행복하여라! 오, 달콤하여라! 오, 피가로는 행복하기가 한량없구나! 사랑하는 사람, 원대로 실컷 두들겨 패주구려. 내 온몸을 멍으로 도배해도 좋으니, 부인한테 얻어맞은 이 행운아를 어여삐 봐줘.

쉬잔   '행운아'라구! 사기꾼 같으니! 그렇담 적어도 거짓된 사탕발림으로 마님을 유혹하진 말았어야지, 나 같은 건 아예 까맣게 잊어버린 모양이던데. 내가 마님을 위해서 그 자리를 마련한 거라고.

피가로   옥구슬 같은 당신 목소리를 몰라보고 내가 착각했을 거라 생각하는 거야?

쉬잔   (웃으면서) 나를 알아봤다고? 아! 두고 봐, 나도 되갚아줄 테니!

피가로   두들겨 패는 것도 한을 품는 것도 여자들 속성이기는 하지! 하지만 생각해봐, 당신이 그 작자와 같이 있을 거라고 생각했는데, 당신을 여기서 보게 돼서 얼마나 기쁠지 말이야. 옷차림이 이러니, 내가 감쪽같이 속았지, 지금 보니 맹추 같아 보이는데 ….

• •

56_ Santa Barbara. Sainte Barbe!로 귀찮은 존재, 성가신 일이라는 뜻.

쉬잔 맹추는 당신이지, 딴 사람을 노리고 파놓은 함정에
자기가 **빠졌으니** 말이야! 여우 한 마리 잡으려 놓아둔
덫에 두 마리가 걸려든 것도 우리 잘못이란 거야?

피가로 나머지 한 마리는 누가 잡았는데?

쉬잔 누군 누구야, 마님이지.

피가로 마님이라고?

쉬잔 그래, 마님.

피가로 (미친 듯이) 아이고! 피가로! 나가 죽어라, 그것도 몰라보
다니! 마님이었어! 여자들은 못 당하겠군, 천 배, 만 배는
더 영악하다니까! 그러니까 이곳에서 아까 한 입맞춤도
…?

쉬잔 마님한테 한 거지.

피가로 그럼 셰뤼뱅의 입맞춤은?

쉬잔 (웃으면서) 나리한테 한 거고.

피가로 일전에 소파 뒤에서는?

쉬잔 아무한테도.

피가로 확실해?

쉬잔 (웃으면서) 아직도 따귀 세례를 더 받고 싶은가 보지,
피가로.

피가로 (쉬잔의 손에 입을 맞추며) 당신의 따귀 세례는 보석처럼
반짝했다면, 백작님 따귀는 화약처럼 불이 번쩍하더라니

까.

쉬잔 좋아! 이제 그만 잘못을 인정하시지.

피가로 (그는 말하는 대로 동작을 한다.) 당신 말이 옳아! 무릎 꿇고, 머리 숙이고, 배 깔고 엎드릴게.

쉬잔 (웃으면서) 아! 우리 백작님 가엾기도 하시지! 그리 수고를 하셨건만 ….

피가로 (무릎으로 다시 일어나며) … 자기 부인을 꼬시는 줄도 모르고, 참내!

9장

백작(무대 안쪽으로 들어와서 자신의 오른편에 있는 정자를 향해 곧장 걸어간다), 피가로, 쉬잔

백작 (혼잣말로) 숲속을 뒤져도 없는 걸로 봐서, 필경 이곳으로 들어왔을 텐데.

쉬잔 (피가로에게 숨죽여 말한다.) 나리야.

백작 (정자 문을 열며) 쉬종, 안에 있느냐?

피가로 (작은 소리로) 마님을 찾고 계신가 본데. 내 생각엔 ….

쉬잔 (작은 소리로) 나리는 마님을 못 알아봤어.

피가로 골탕 좀 먹여 볼까, 어때?

(피가로는 쉬잔의 손에 입 맞춘다.)

백작 (몸을 돌리면서) 부인의 발치에 남자가 있군! …. 무기를 두고 오다니.

(백작은 앞으로 나아간다.)

피가로 (완전히 일어나 자신의 목소리를 변조해서) 죄송합니다, 부인. 우리 약속 장소에 결혼식이 예정되어 있는 줄 몰랐습니다.

백작 (방백) 오늘 아침 옷방에 있던 놈 아냐.

(백작은 이마를 두드린다.)

피가로 (계속해서) 뜻밖의 장애물로 우리의 즐거움이 뒷전으로 밀릴 줄은 꿈에도 몰랐습니다.

백작 (방백으로) 요절을 내고, 쳐 죽여, 지옥으로 보내줄 테다!

피가로 (쉬잔을 정자로 이끌고 가서. 작은 소리로) 나리가 욕설을 쏟아내고 있어. (큰 소리로) 부인, 시간 낭비 마십시다. 아까 창문으로 뛰어내리느라 놓쳐버린 시간을 만회해야지요.

백작 (방백) 아! 이제 모든 게 명약관화해졌어.

쉬잔 (왼쪽 정자 근처에서) 들어가기 전에, 따라오는 사람 없는지 봐 줘.

(그는 그녀의 이마에 입을 맞춘다.)

백작 (소리를 지른다.) 반드시 되갚아 줄 테다!

(쉬잔은 팡셰트, 마르슬린, 셰뤼뱅이 들어가 있는 정자로 달아난

다.)

10장

백작, 피가로 (백작은 피가로의 팔을 잡는다.)

피가로 (과장되게 놀란 척한다.) 주인님이시로군요!

백작 (그를 알아보고) 아! 불한당 같은 놈, 네 놈이구나! 게,
누구 없느냐, 누구 없어!

11장

페드리유, 백작, 피가로

페드리유 (장화를 신은 채) 나리, 이곳에 계셨네요.

백작 페드리유로구나. 혼자 온 게냐?

페드리유 세비야에서 전속력으로 오는 길입지요.

백작 가까이 와서 좀 더 큰 소리로 말해 보거라.

페드리유 (목청을 다해 고함을 질러댄다.) 시동 녀석은 같이 못
왔습니다요. 발령장은 여기 있습니다.

백작 (그를 밀치고) 에이! 머저리 같은 놈.

페드리유 나리께서 큰 소리로 말하라 하셔서.

백작 (여전히 피가로를 붙들고는) 누구든 불러야겠다. 여봐라! 게 누구 없느냐! 내 말이 들리거든, 모두 속히 달려오너라!

페드리유 피가로와 저, 저희 둘이나 있는뎁쇼. 설령 무슨 일이 일어난다 해도.

12장

앞장의 배우들, 브리드와종, 바르톨로, 바질, 앙토니오, 그립-솔레이유 (모든 하객들이 햇불을 들고 달려온다.)

바르톨로 (피가로에게) 자네 신호를 받자마자 ….

백작 (자신의 왼편에 있는 정자를 가리키며) 페드리유, 저 문을 지키거라.

(페드리유가 그쪽으로 간다.)

바질 (피가로에게 낮은 소리로) 나리와 쉬잔의 밀회 현장을 덮치기라도 했나?

백작 (피가로를 가리키며) 아랫것들은 저 놈을 포위하고, 반드시 내 명에 따르도록 하라.

바질 하! 하!

백작 (역정을 내며) 조용히 하시오! (피가로에게 냉랭한 어조로) 기사

백작이 자기 부인을 알아보는 장면(생-캉탱, 1785).

양반, 내 질문에 대답해보시지?

피가로   (냉랭하게) 제가 어느 안전이라고 피하겠습니까, 나리?

  나리께서는 여기 모두한테 명령을 내리시는 분이신데요,

  나리 자신한테만 빼놓고요.

백작   (스스로를 자제하며) 나 자신만 빼놓고!

앙토니오　비뚤어진 입으로 말은 제대로 하는군.

백작　(다시 성을 내며) 네 놈의 그 태연자약하는 태도가 내 속을 더 뒤집어 놓는다고!

피가로　나리나 저나 이유도 모르고 서로 죽고 죽이는 군인은 아니지 않습니까? 저도 알고 싶습니다, 왜 이렇게 울화가 치미는지 말입니다!

백작　(발끈해서) 울화가 치민다구! (자제하면서) 시치미 떼는 데는 명수로구나! 적어도 네놈이 저 정자 속으로 끌고 들어간 여인네들이 누군지는 말해줘야 하는 거 아니냐?

피가로　(일부러 다른 쪽 정자를 가리키며) 저쪽 정자 말입니까?

백작　(재빨리) 이쪽 정자 말이다.

피가로　(냉정하게) 완전히 다른 얘긴데요. 이쪽엔 특별히 호의를 갖고 저를 존경하는 여인이 있습죠.

바질　(놀라서) 아! 아!

백작　(재빨리) 다들, 저놈이 하는 얘기를 들었느냐?

바르톨로　(놀라서) 얘기를 들었냐고요?

백작　(피가로에게) 그 젊은 여인한테 네 놈이 알고 있는 구혼자가 있으렷다?

피가로　(침착하게) 어느 대 귀족 나리께서 한동안 관심을 두고 있었던 줄로 압니다. 그 나리께서 그녀를 소홀히 대하셨는지, 제가 그녀 마음에 더 들었는지, 좌우지간 그 여인은 오늘 저를 선택했습죠.

백작 (격한 어조로) 선택이라고…. (자제하면서) 그래도 순진한
구석은 있군! 여러분, 저놈이 자백한 내용이 저놈의 공모
자한테 들은 내용과 똑같은 걸 보니 말이오.

브리두와종 (깜짝 놀라서) 공, 공모자라굽쇼!

백작 (격분해서) 내 명예가 공개적으로 훼손됐으니, 반드시
되갚아주도록 하마!

(그는 정자로 들어간다.)

13장
백작만 제외하고 이전 장의 인물들

앙토니오 그래야 하구 말굽쇼.

브리두와종 (피가로에게) 그런데 누가 남의 여자를 **빼앗았다는**
거요?

피가로 (웃으면서) 그런 즐거움을 누린 사람이 누가 있겠습니까.

14장
이전 장과 동일한 인물들, 백작, 셰뤼뱅

백작 (정자 속에서 아직 관객에게는 보이지 않는 누군가를 잡아끌며 말한다.) 버텨봐야 소용없어. 당신이 졌소, 부인. 당신이 나서야 할 때가 됐소! (그는 뒤돌아보지 않고 나온다.) 이토록 가증스런 결혼에 한 푼 안 내봐도 되니 얼마나 다행스런 일인지 ….

피가로 (소리 지른다.) 셰뤼뱅!

백작 시동놈이라고?

바질 하하하!

백작 (이성을 잃고, 방백으로) 이번에도 그 빌어먹을 시동놈이었군! (셰뤼뱅에게) 여기서 뭘 하고 있었느냐?

셰뤼뱅 (수줍게) 분부 내리신 대로 숨어 있었습니다.

페드리유 공연히 말만 죽을 고생시켰네요!

백작 앙토니오, 저리로 들어가서 내 명예에 해를 입힌 저 파렴치한 자를 재판관 앞에 끌어다 놓아라.

브리두와종 마님 말씀이신가요?

앙토니오 하늘의 뜻인가 봅니다. 나리께서도 과거에 이 마을에서 어지간히 일을 치시더니만 ….

백작 (격노해서) 어서 들어가 보라니까!

(앙토니오는 들어간다.)

15장

앙토니오를 제외한 이전 장의 배우들

백작 다들 보게 될 게다, 저 안에 시동 녀석이 혼자 있었는지
아닌지.

셰뤼뱅 (수줍게) 마음 따뜻한 누군가가 제 쓰라린 고통을 감싸주
지 않았다면, 제 운명은 견디기 어려울 정도로 가혹했을
겁니다.

16장

이전 장의 배우들, 앙토니오, 팡셰트

앙토니오 (아직 보이지 않는 누군가의 팔을 잡아당기며) 어서요, 마님,
버티지 마시고 나오십시오. 마님께서 여기 계신 줄 다들
알고 있습니다.

피가로 (고함을 지르며) 이게 누구야, 사랑하는 사촌 처제잖아!

바질 하하!

백작 팡셰트라고!

앙토니오 (뒤를 돌아보며 소리친다.) 아! 젠장, 나리, 이런 난리법석

을 벌인 게 제 딸자식이란 걸 온 동네에 떠벌리시는 데 저를 이용하시다니요!

백작 (격분해서) 이 아이가 저 안에 있는 줄 난들 알았느냐?

(그는 다시 들어가려한다.)

바르톨로 (앞으로 나서며) 잠시만요, 나리. 뭔가 석연치 않은 구석이 있는 것 같습니다. 제 직감으로는요.

(그가 들어간다.)

브리두와종 갈수록 저, 점입가경이군!

17장
이전 장의 배우들, 마르슬린

바르톨로 (안에서 나오면서 말한다.) 마님, 두려워하실 것 없습니다. 별일 없을 겁니다. 제가 보장하지요. (그는 몸을 돌려 소리친다.) 마르슬린!

바질 하하!

피가로 (웃으며) 이건 또 뭔 해괴한 일이야? 어머니까지 저 안에 계셨어요?

잉토니오 너 사관이군.

백작 (격분해서) 이 여자한테는 관심이 없고. 부인은 ….

18장

이전 장의 배우들, 쉬잔(쉬잔은 부채로 얼굴을 가리고 있다.)

백작 … 아! 드디어 부인이 나오는군. (그녀의 팔을 거칠게 잡는다.)
너희들은 이 가증스런 여자를 어떻게 해야 한다고 생각하
느냐?

(쉬잔은 무릎을 꿇고, 머리를 떨군다.)

백작 (큰 소리로) 안 돼, 안 돼!

(피가로가 그녀 옆에 무릎을 꿇는다.)

백작 (더 큰 소리로) 아니, 안 돼!

(마르슬린이 피가로 앞에 무릎을 꿇는다.)

백작 (더 큰 소리로) 안 돼, 안 된다구!

(브리두와종을 제외한 모두가 무릎을 꿇는다.)

백작 (이성을 잃고) 백 명이 와봐라 소용 있나!

19장

이전 장의 모든 배우들, 백작부인(다른 쪽 정자에서 나온다.)

백작부인   (무릎을 꿇고) 저도 힘을 보태겠어요.

백작   (백작부인과 쉬잔을 바라보며) 아! 내가 지금 뭘 보고 있는 거야!

브리두와종   (웃으며) 아이고 맙소사, 마님이시네요.

백작   (백작부인을 일으키려 한다.) 뭐라고, 부인이라고? (애원하는 어조로) 부디 너그럽게 용서를 ….

백작부인   (웃으면서) 저 대신에 안 돼, 안 돼, 라고 더 해보시지 그러세요. 조건 없이 당신 청을 들어드리도록 하지요. 오늘만 해도 세 번째네요.

(그녀는 다시 일어선다.)

쉬잔   (다시 일어나며) 저도요.

마르슬린   (다시 일어나며) 저도요.

피가로   (다시 일어나며) 저도요. 여기에 메아리가 있나 보네요!

(모두 일어난다.)

백작   메아리라고! 내가 저들한테 수를 좀 써보려 했는데 되레 저들이 나를 어린애 취급을 하는군!

백작부인   (웃으면서) 후회해봤자 소용없어요, 여보.

피가로   (자신의 모자로 무릎을 털며) 오늘 같이 다사다난한 날이야말로 외교관 훈련시키기에는 그만인뎁쇼.

백작   (쉬잔에게) 핀으로 봉한 쪽지는? ….

쉬잔   마님께서 받아 적게 하신 거예요.

백작   답장은 부인 손에 들어갔겠군.

> (그는 백작부인의 손에 입 맞춘다.)

백작부인   각자 자기 몫은 챙겨야 하지 않겠어요.

> (그녀는 피가로에게 돈주머니를 건네고. 쉬잔에게는 다이아몬드
> 를 건넨다.)

쉬잔   (피가로에게) 지참금이 또 생겼어.

피가로   (손에 있는 돈주머니를 툭툭 치면서) 세 번째 지참금이야.[57] 이거 챙기느라 고생 꽤나 했지!

쉬잔   우리 결혼처럼.

그립-솔레이유   신부의 양말 고정끈[58]은 제가 가져도 될까요?

백작부인   (가슴팍에 간직한 리본끈을 꺼내 바닥에 내던지며) 고정끈 말인가? 신부 드레스 속에 있었는데, 자 여깄네.

> (결혼식 화동들이 그것을 주우려 한다.)

셰뤼뱅   (잽싸게 달려가 줍고는 말한다.) 이걸 가지려면 나와 한판 붙어야 할 걸.

백작   (웃으며 셰뤼뱅에게) 이리 예민한 녀석이 귀싸대기를 얻어맞 고도 희희낙락하는 건 어쩐 일이냐?

셰뤼뱅   (칼을 반쯤 뽑고는 뒤로 물러서며) 저 말씀입니까, 연대장님?[59]

. .

57_ 첫 번째는 백작부인이 주었고, 두 번째는 마르슬린이 피가로에게 건넨 바 있다.

58_ 당대에는 결혼식 후 하객들에게 경매에 부치는 풍습이 있었다.

피가로   (코믹하게 화를 내며) 셰뤼뱅 대신에 빰을 맞은 건 전데요. 하긴 높으신 양반님들이 보상을 내리신다는 게 늘 이런 식이긴 하죠.

백작   (웃으며) 자네였다고? 하하하, 사랑하는 부인, 어찌 생각하시오?

백작부인   (멍해 있다가 정신이 들어 다정하게 말한다.) 아! 그래요, 단언컨대, 평생, 재밋거리는 없을 것 같군요.

백작   (판사의 어깨를 툭툭 치며) 브리두와종, 당신 생각은 어떻소?

브리두와종   제 생각 말씀입니까, 백작님? …. 제, 제 생각 … 뭐, 뭐라 말씀드려야 할지 모르겠다는 게 제 생각이지요.

일동   (동시에) 합당한 판단입니다.

피가로   저는 가난했습니다. 모두들 저를 업신여겼죠. 재능이 있다 싶으니까 사람들이 더 미워하더군요. 하지만 지금은 어여쁜 아내도 얻었고 재산도 꽤나 모았지요.

바르톨로   (웃으며) 이제 사람들이 자네한테 떼거지로 몰려들걸세.

피가로   그럴까요?

바르톨로   내가 사람들 습성을 좀 알지.

· ·

59_   1막 10장에서 백작은 셰뤼뱅에게 소대를 맡겼었다.

피가로 (관객들에게 인사하며) 제 아내와 재산만 안 건드리면,
저한테야 모든 게 축복이고 즐거움이지요.

(보드빌의 간주곡이 연주된다.)

<보드빌>

바질 (1절)
세 번의 지참금에, 아리따운 부인까지
신랑은 복 터졌네!
영주님과 풋내기 시동에 대한
질투는 바보들의 몫.
옛 라틴어 속담에도
재주꾼이 운명의 주인이 된다고 했나니.

피가로 저도 그 노래 압니다. (그는 노래한다.)

금수저를 물고 태어난 자가 즐길 줄도 아는 법 Gaudeant
bene nati.

바질 아니야···. (그는 노래한다.)

재주를 갖고 태어난 자가 즐길 줄도 아는 법Gaudeant bene

nanti[60]

쉬잔 (2절)

남편이 배신을 하면

그걸 자랑질하고, 모두 키득거리지만

부인이 바람을 피우면

너나없이 욕을 해대고, 벌을 내리지요.

이런 억울한 부당함을

따져 물은들 무슨 소용 있을까요?

법을 만든 자들은 힘 있는 자들인데요.

법을 만든 자들은 힘 있는 자들인데요.

피가로 (3절)

한심한 질투쟁이 장 자노는[61]

부인도 얻고, 마음의 평안도 얻으려

무시무시한 개를 한 마리 사서

• •

60_ 여기서 보마르셰는 라틴어 nanti(유복한)와 nati의 차이를 통해 음성놀
이를 한다.

61_ 중세 우화에 나오는 등장인물이다.

주변에 풀어 놓았지.
한밤중에, 끔찍한 소동이 벌어졌다네!
개가 이리저리 뛰어 다니며 모든 것을 물어뜯어버렸네.
자신을 팔아넘긴 주인은 빼놓고….
자신을 팔아넘긴 주인은 빼놓고….

백작부인　　(4절)

자존심 강한 여인은
남편을 더 이상 사랑하지 않는다 말하지
부정한 또 다른 여인은
오로지 남편만 사랑할 거라 맹세하지.
현명한 여자는
아무것도 맹세치 않고
자신의 결혼을 잘 지키는 여인이라네!
자신의 결혼을 잘 지키는 여인이라네!

백작　　(5절)

시골의 아낙네는
의무를 중히 여기나
인정은 보잘 것 없어라
마음씨 좋은 부인이여 만세!

군주의 방패와 유사한

남편의 주머니 속 동전 아래

그녀는 모든 이들의 재산에 소용되도다.

그녀는 모든 이들의 재산에 소용되도다….

마르슬린　(6절)

모두가 세상의 빛을 보게 해준

다정한 어머니를 잘 알지만

나머지는 잘 알지 못하네.

사랑의 비밀 또한 그러하네.

피가로　(계속 곡조를 이어간다.)

그 비밀은 밝혀진다네,

어리석고 멍청한 아들이 어떻게 이따금씩

금붙이의 값어치를 하게 되는지 ….

(7절)

타고나는 운수소관으로

누구는 왕이 되고, 누구는 양치기가 된다네.

우연이 그 차이를 만들어내는 법.

재능만이 모든 것을 바꿀 수 있다네.

사람들이 받아 모시는 수많은 왕들의 제단도

죽음은 가차 없이 부숴버리지.

볼테르의 이름만이 영원할지니.[62]

볼테르의 이름만이 영원할지니.

셰뤼뱅 (8절)

사랑하는 여성이여, 변덕스러운 여성이여,

우리 아름다운 날들을 고통으로 얼룩지우니

모두들 그대들에 대해 괴로움을 털어놓아도

결국은 그대들에게 돌아오나니

극장 입석의 모습이 그대들의 모습일지니

무시하는 척하지만,

그것을 얻기 위해 갖은 수를 다한다네….

그것을 얻기 위해 갖은 수를 다한다네….

쉬잔 (9절)

이처럼 유쾌하고 열광적인 작품에

어떤 교훈이 담겨 있다면

익살스런 측면을 고려하고

• •

62_ 보마르셰의 볼테르에 대한 존경이 드러나는 대목이다.

이성의 힘에 근거하여 헤아려주시길.
지혜로운 자연은 자신의 목적대로
즐거움을 통해 우리를 욕망으로 이끄나니.
즐거움을 통해 우리를 욕망으로 이끄나니.

브리두와종   (10절)

자, 여러분, 지금 여러분이 감상하신

이 희 희극은 몇몇 실수를 빼면 선량한 백성들의 생활을

그려내고 있죠.

그들은 억압을 당하면, 맹렬히 비난하고, 아우성을 쳐대지

  요.

오만 가지 방법으로요.

하지만 모든 것은 결국 노래로 끝이 나지요….

  (모두가 춤을 추는 가운데 막이 내려간다.)

작가 및 작품 해설

보마르셰의 생애

프랑스 극작가 보마르셰Beaumarchais는 여타의 작가들과는 다른 삶의 궤적을 그려낸 인물이다. 시계 제조 장인에서 음악선생으로, 사업가로, 왕실의 비밀요원으로, 출판업자로, 로비스트로, 무기거래상으로, 혁명파 위원으로, 변신에 변신을 거듭한 그의 삶의 이력은 18세기 격동기의 프랑스 역사의 질곡을 고스란히 담아낸다. 그 어떤 연극 혹은 소설 속 주인공도 그만큼 파란만장하고 천변만화한 생애를 살아낸 인물은 없을 것이다. 따라서 그의 분신이자 아들이라 칭할 만한 '피가로'를 보다 잘 이해하기 위해서, 그리고 그가 살아낸 혁명기의 프랑스를 이해하기 위해서는 먼저 보마르셰의 일생을 추적해 보는 일이 선행되어야 할 듯 보인다.

보마르셰의 초상화(장–마르크 나티에, 1755).

　　피에르–오귀스탱 카롱, 미래의 보마르셰는 1732년 1
월 24일 파리의 생–드니 거리에서 시계 제조 장인인 앙드레–
샤를르 카롱과 마리–루이즈 피숑 부부의 열 명의 아이들
중 일곱 번째로 태어났다. 네 명의 형제들이 일찍이 사망하여

다섯 명의 누이들과 아들로는 피에르-오귀스탱만이 남게 되었다. 유복한 유년시절을 보낸 피에르-오귀스탱은 얼마간 달포르의 직업학교에서 수련하다가 아버지의 공방에 들어가 견습공으로 시계 제조 기술을 연마한다. 아버지로부터 배운 기술을 바탕으로 보마르셰는 시계추 운동을 제어하는 일명 '탈진기'를 발명하는 놀라운 재능을 보여준다. 그러나 왕실 시계 납품업자 르포트Lepaute가 이를 자신의 이름으로 <메르 큐르Mercure>지에 발표하자, 화가 난 보마르셰는 자신이 작업 했던 스케치들을 모아 과학아카데미에 보내는 한편, <메르큐르>지에 항의 서한을 보내는 등 자신의 권리를 되찾기 위해 백방의 노력을 기울인다. 지난한 투쟁 끝에 마침내 그는 과학 아카데미로부터 발명가로서의 권한을 인정받게 된다. 평민 신분인 피에르-오귀스탱이 자신의 재능과 실력을 세상으로 부터 인정받고자 하는 욕망은 이때부터 시작된 듯 보인다. 이 사건을 계기로 명성을 얻은 그는 루이 15세의 정부인 퐁파 두르 후작부인에게 반지 시계를 만들어 진상하면서 자연스럽 게 왕실과 인연을 맺게 된다.

그의 집안은 문학과 예술에 조예가 깊었다. 그의 아버지 는 신작 공연을 관람한 후엔 작품의 장단점을 면밀하게 분석하 고 비평할 정도로 연극에 대한 풍부한 식견과 소양을 지니고 있었고, 누이들 역시 시를 짓고 하프나 첼로 등 한 가지 이상의 악기를 연주할 정도로 시와 음악에 대한 관심이 남달랐다. 악기 연주는 보마르셰도 누이들에 뒤지지 않아 비올라와 플룻에 놀라운 소질을 보여주었다. 당대 유행하는 곡의 연주뿐 아니라, 즉석에서 소절을 만들어내고 그 위에다 멜로디를 입히는 작곡에도 능했으며, 하프의 페달 장치를 고안해내는 창의성을 보이기도 했다. 연주와 작곡, 장치 발명에 이르기까지 그의 비범한 재능은 그가 왕실에 입성하여 출세하는 데 훌륭한 발판을 마련해준다.

1756년 그는 자신에게 왕실 부속 서기감사관 직을 팔았던 프랑케의 부인 마들렌–카트린과 교분을 맺게 되는데, 프랑케가 죽자 스물네 살의 나이에 열 살 연상의 마들렌과 결혼한다. 결혼 후, 그는 부인이 물려받은 영지의 지명을 따서 자신의 이름에다 '드 보마르셰'를 덧붙이면서, 스스로에게 귀족 칭호를 부여한다. 그러나 결혼 이듬해 마들렌이 유서를 공증하기도 전에 갑작스런 열병으로 사망하자, 유산 상속을 목적으로 부인을 독살했다는 소문이 항간에 퍼지고 유족들과의 소송에 휘말리면서 보마르셰는 괴로운 시간을 보낸다. 하지만 고초의 시간도 잠시 보마르셰는 루이 15세의 공주들의 호의에 힘입어 왕실의 음악선생 겸 집사로 임명되면서 권력층에 바짝 다가서게 된다. 보마르셰가 본격적으로 출세를 향한 야망에 눈뜨게 된 것은, 상류사회의 현실과 생활상을 목격하게 된 이때부터

인 것처럼 보인다. 왕실 입성 후 친분을 맺은 은행가 파리–뒤베르네를 통해 보마르셰는 사업의 세계에 발을 들여놓는다. 파리–뒤베르네의 조언에 따라 스페인을 오가며 활약을 펼친 보마르셰는 몇 해 지나지 않아 상당한 재산을 축적한다. 남다른 수완으로 어느 정도 부를 이루자 이번에는 관직에 대한 욕망이 그 안에서 꿈틀댄다. 그는 열렬히 바라마지 않던 왕실의 물과 산림 관리 책임자 자리를 놓치자 한 단계 낮은 행정관직으로 방향을 돌려 결국에는 루브르궁의 수렵 보좌관 직을 따내면서 명실상부 귀족 신분을 꿰차게 된다. 마침내 부르주아에서 귀족으로 신분상승의 소원을 이룬 것이다.

보마르셰가 연극계에 입문하게 된 것은 샤를 레노르망 데티올 백작의 저택에서 개최되는 연회를 위한 몇 편의 소품들을 집필하면서부터이다. 1760년에서 1763년 사이에 제작된 이 소품들은 당대 유행하는 사실주의적인 희극들과 장터에서 공연되는 퍼레이드 장르(장터 축제의 일종으로 가장행렬과 변장, 발 구르기 등으로 이루어진 스펙터클)에 속하는 것이었다. 문학 창작에 뛰어들면서, 보마르셰는 프랑스를 비롯한 이웃 나라의 고전작가들의 작품들을 본격적으로 탐독하고 연구하며 문학과 연극에 대한 예술적 안목을 키운다. 그러던 중 그는 루이지애나와의 무역거래 녹점권을 따내기 위해, 그리고 파혼당한 누이동생의 일을 해결하기 위해 방문한 스페인에서 그곳의 연극을 체험하게 된다. 격식과 관습에 얽매이지 않은 자유분방한 연극, 활기차고 흥에 넘치는 열정적인 드라마에 매료된다. 프랑스로 돌아온 보마르셰는 스페인 연극에서 영감을 얻어 두 편의 부르주아 드라마, 『외제니*Eugénie*』(1767)와 『두 친구 혹은 리용의 상인*Les Deux Amis ou Le Négociant de Lyon*』(1770)을 발표한다. 그러나 두 편 모두 이렇다 할 성공을 거두지는 못한다. 이 시기에 보마르셰는 부유한 과부인 레베크 부인과 결혼하여 첫 아들을 얻는다.

이후 보마르셰는 끊이지 않는 소송으로 인해 시련과 고초의 세월을 보낸다. 사태는 파리—뒤베르네의 사망 후, 보마르셰가 그의 계좌 거래를 중지시킨 데서 촉발된다. 그의 주장에 따르면, 뒤베르네가 자신에게 만오천 프랑의 채무가 있기 때문이라는 것인데, 상속인인 블라쉬 백작이 채무변제를 거부하고 무이자로 기재된 차용증을 의심하여 그를 공문서 위조 혐의로 고발한 것이다. 소송은 7년에 걸쳐 진행되다가 첫 판결에서 기각된다. 재판에서는 승소했지만 사교계에서 보마르셰에 대한 평판은 최악으로 치닫는다. 이후 계속된 재판에서 차용증이 위조된 것으로 밝혀지면서 보마르셰는 블라슈 백작에게 오만육천 프랑과 소송비용을 갚아주라는 판결을 받는다. 이 사이에 보마르셰는 결혼한 지 3년 만에 또다시 아내와 아들을 연달아 잃는 불행을 겪는다. 소송의 회오리는 여기서 끝나지 않는다. 숀느 공작이 질투심으로 자신의 정부인 메나르 양을 위협하고 협박하는 것을 목격한 보마르셰가 메나르 양을 위해 소송에 가세한 것이다. 승소를 위해 판사인 괴즈망을 매수할 요량으로 그의 부인에게 백 루이와 다이아몬드 시계를 뇌물로 제공하였다가 괴즈망과의 만남이 불발되자 보마르셰는 뇌물 회수를 요구한다. 이 과정에서 괴즈망 부인의 실수로 회수물이 일부 누락되자, 보마르셰는 괴즈망을 상대로 소송을 제기한다. 그러나 소송을 제기한 보마르셰는 되레 뇌물공여죄를 선고받아 감옥행을 면치 못하게 된다.

소송에서의 패배로 시민권을 박탈당하는 시련을 겪기는 했으나 왕실의 신망까지 잃은 것은 아니었다. 왕실은 보마르셰에게 루이 15세의 정부인 뒤 바리 부인을 풍자하는 팜플렛을 모두 수거해오라는 특명을 내리고 보마르셰는 밀정 신분으로 런던에서 왕명을 수행한다. 이로써 보마르셰는 왕실의 비밀요원이라는 특수한 직업의 세계에 진입하게 된다. 이어 수 년 동안 이름을 바꿔가며 여러 나라에서 프랑스의 국익을 위한 정치활동을 이어간다. 그러는 가운데 뉘렌베르크에서는 강도들의 습격을 당하기도 하고, 비엔나에서는 오스트리아 여왕에 의해 스파이 혐의로 감옥에 투옥되는 등 갖은 수난을 겪는다. 프랑스 왕실의 개입으로 오스트리아 감옥에서 석방되고 그간의 충성스런 임무수행에 대한 성과를 인정받으면서 보마르셰는 1776년 시민권을 회복한다. 이와 같은 거듭된 송사와 투옥의 와중에도 보마르셰는 손에서 펜을 놓지 않았다. 그는 1775년 다시 전형적인 희극 장르에 속하는 『세비야의 이발사』를 집필하고 공연을 진행한다.

해외에서의 두드러진 활약으로 왕실에서의 입지가 더욱 공고해진 보마르셰는 이번에는 미국의 독립전쟁에 개입한다. 영국을 견제하기 위해 미국의 독립을 지지하기로 한 프랑스 정부가 미국 식민지군들의 봉기를 지원하는 원조와 관련한 임무를 그에게 맡긴 것이다. 보마르셰는 외무장관으로부터 100만 리브르를 받아내 미국 독립 운동가들을 재정적으로 지원하는 한편, 로드리그 오르탈레즈로 개명하여 개인 자격으로 무역사무소를 개설하고, 무기 밀매 사업을 통해 막대한 재산을 벌어들인다. 1778년에는 프랑스와 영국 간에 전쟁이 발발하자 개인 자산을 털어 함대를 창설하고 식민지군을 돕기도 한다.

한편, 왕성한 정치 활동의 와중에도 보마르셰는 연극계 인사로서의 소명도 잊지 않았다. 공연을 거듭하면서 배우들의 횡포에 지치고, 마구잡이 표절이 난무하여 작가들의 창작의 권리가 제대로 인정받지 못하자, 보마르셰는 『세비야의 이발사』 초연 2년 뒤, 1777년 23명의 작가들과 연대하여 작가협회를 창설한다. 프랑스에서 최초로 작가들의 창작에 대한 권리와 저작권 보호를 위한 투쟁운동이 시작된 것이다. 당시 연극계는 배우들 중심으로 여건이 형성되어 있었다. 극작가들은 흥행수입의 9분의 1정도만 보장받았고, 기준 이하의 관객이 들면 배우들이 수입을 독식하다시피 했다. 힘들게 작품을 발표해도 곧바로 이웃 극장에서 비슷한 내용의 작품을 올려 작품의 독점적 소유권을 확보하기가 어려웠다. 극작가협회는 수 년 간의 노력 끝에 1791년 입헌의회 치하에서 작가들의 문학적 권리와 상속권을 인정받는 쾌거를 거둔다. 이와 병행하여 1780년 보마르셰는 전체 70여 편에 달하는 볼테르의 전집 간행에 뛰어든다. 이 기획은 당시로서는 매우 위험천만한 모험이었는데, 볼테르의 저작 중 절반 가까이가 프랑스에서 금서로 지정되어 있어 출판은 투옥의 위험도 무릅써야 했기 때문이다. 계몽주의 사상을 널리 전파한다는 사명감으로 3년간 막대한 금액을 투자했으나 구매예약은 신통치 않았고 이로 인해 보마르셰는 적지 않은 금전적 손실을 입게 된다. 1784년 검열과의 끈질긴 드잡이 끝에 그는 『피가로의 결혼』의 공연을 성황리에 마친다.

프랑스 혁명 직전 그에 대한 평판은 거의 바닥이었다. 끊이지 않은 송사와 바스티유 근처에 지은 그의 호화로운 저택이 구설수에 오르면서 그를 향한 세간의 시선은 차갑게 얼어붙는다. 혁명이 발발하자 중도 혁명파의 입장에 섰던 보마르셰는 블랑-망토 구역을 담당하여 혁명에 적극적으로 가담한다. 그러나 보마르셰의 막대한 재산과 사치스런 생활이 혁명가들의 눈에 매우 의심스러운 것으로 비춰지면서 혁명 수뇌부는 그를 의회 구성에서 배제시켜버린다. 1792년 보마르셰는 다시 드라마 장르로 회귀하여 <피가로 3부작>의 마지막 작품인 『죄지은 어머니』를 발표하였으나 이렇다 할 반응을 얻지 못한다.

한편, 이 시기에 무기가 필요했던 프랑스 정부는 보마르셰에게 다시 도움을 요청한다. 금전적으로나 정치적으로 손해 볼 것 없는 장사라고 생각한 그는 네덜란드에 적재되어 있는 6만여 점의 총기 구입을 추진한다. 그러나 네덜란드 정부가 오스트리아와의 갈등이 불거질까 두려워 주저하다 결국에는 총기들을 오스트리아에 팔아버리자 선수금까지 건넨 보마르셰는 난감한 상황에 봉착한다. 여기에다 보마르셰가 무기를 들여놓고 혁명분자들을 총살할 목적으로 자신의 저택에 쌓아두고 있다는 소문까지 파다하게 퍼지면서 보마르셰의 입지는 더욱 위태로워진다. 급기야 혁명군들이 그의 저택을 급습하고 보마르셰를 체포한다. 얼마간의 복역 후 석방된 보마르셰는 정부의 허가를 얻어 독일 함부르크로 출국한다. 그러나 거기서 또다시 자신이 루이 16세와의 공모, 비밀편지 왕래, 횡령이라는 죄목으로 혁명의회로부터 고발당했다는 사실을 알게 된다. 체포 위협에 시달리다 런던으로 떠난 그는 네덜란드 총기 사건에 대한 반박문 작성에 총력을 기울인다. 그가 총기를 되찾기 위해 백방으로 노력하는 동안 공안위원회는 그를 망명귀족 명부에 이름을 올리고 재산을 압류하고 가족들까지 투옥시킨다. 지난한 시간을 보내고 1796년 예순네 살이 되어서야 프랑스에 돌아온 보마르셰는 딸이 되찾은 저택에서 평온한 세월을 보내다 1799년에 뇌일혈로 사망한다.

보마르셰는 두 가지 모순되는 성향을 품고 있는 인물이다. 하나는 신분의 한계에서 오는 사회적 출세와 부에 대한 동경과 갈망이 그것이고 다른 하나는 사회의 부조리와 불평등에 대한 저항이 그것이다. 자신이 속하지 못한 상류사회에 대한 선망과 동경은 부단히 관직을 사들이고, 스스로에게 귀족칭호를 부여하는 제스처로 표출되었고, 사회의 불의와 병폐에 대한 예민한 의식은 부도덕한 귀족을 상대로 소송을 진행하고, 작가들의 권리 수호를 위해 작가협회를 창설하고, 프랑스 혁명파에 가담하는 행동으로 발현되었다. 그의 부단한 출세욕의 이면에는 18세기 후반 프랑스 사회가 안고 있는 갖가지 폐단들에 대한 뼈저린 인식이 자리하고 있는 것이다. 양극단에 있는 듯 보이는 이 두 가지 성향은 그를 개인적 이익에 따라 시류에 편승하는 기회주의자로, 또 구체제와 혁명파 양쪽에 발을 담근 회색분자로 비춰지게 하면서, 주변에 숱한 정적들과 경쟁자들을 만들고, 끝없이 소송에 휘말리고 감옥을 들락날락하게 하며 그의 삶을 파란과 격랑 속으로 몰아넣었다. 어찌 보면 카멜레온과 같은 그의 변신의 행보는 격변하는 프랑스 사회 속에서 살아남기 위한 몸부림이고, 혁명기를 전후한 프랑스 사회의 한 단면을 고스란히 보여주는 프리즘이라고 볼 수 있다.

보마르셰와 〈피가로 3부작〉

보마르셰가 프랑스 연극계의 총아로 떠오르게 된 것은 〈피가로 3부작〉을 통해서이다. 피가로를 주인공으로 하는 이 3부작은 『세비야의 이발사』와 『피가로의 결혼』, 『죄지은 어머니』로 구성된다. 이들 작품은 알마비바 백작 가문의 25년에 걸친 변천의 역사를 그려내며, 가문의 구성원들의 결혼을 중심으로 한 오해와 갈등을 주된 테마로 다룬다. 『세비야의 이발사』에서는 알마비바 백작과 로진의 결혼, 『피가로의 결혼』에서는 하인계급인 피가로와 쉬잔의 결혼, 그리고 『죄지은 어머니』에서는 백작 부부가 각각 외도를 통해 낳은 자녀인 레옹과 플로레스틴의 결혼이 그것이다. 『세비야의 이발사』에서는 피가로의 도움으로 후견인 바르톨로의 방해공작을 물리치고 알마비바 백작과 로진이 결혼에 성공하기까지의 과정이 그려지고, 『피가로의 결혼』에서는 결혼 후 부인(로진)에게 싫증이 난 알마비바 백작이 피가로의 약혼녀인 쉬잔을 유혹하려 하나 부인과 쉬잔이 힘을 모아 백작의 의도를 무산시키고 피가로와 쉬잔의 결혼이 무사히 진행된다는 내용이 전개된다. 마지막 『죄지은 어머니』에서는 백작의 집안에 들어와 재산을 가로채고 백작의 대녀인 플로레스틴(실제로는 외도를 통해 낳은 딸)과 결혼하려는 베제아르스의 사기 행각과 백작부인이 외도로(셰뤼뱅과의) 낳은 레옹과 플로레스틴의 사랑이야기가 다루어진다.

이 세 작품은 연작 형식이기는 하지만, 내적인 구조나 분위기, 장르에 있어 사뭇 다른 양상을 보여준다. 『세비야의 이발사』가 애초에 노래와 음악이 삽입된 희가극 장르에서 출발했던 만큼(보마르셰는 처음에 작품을 희가극으로 집필했는데 코메디 프랑세즈 극장으로부터 퇴짜를 맞고 희극으로 장르를 바꾸었다), 음악극적인 요소가 농후하며 구조적으로는 이탈리아의 전통극 '코메디아 델라르테'의 양식을 그대로 답습하여 단순한 플롯 구조에, 가볍고 흥겨운 희극의 측면이 두드러진다면, 『피가로의 결혼』은 반전에 반전이 거듭되는 복잡한 구조에 정치사회적인 함의를 띤 몰리에르식의 장대한 스케일을 추구하고, 보마르셰의 유작이기도 한 『죄지은 어머니』는 다분히 최루성 짙은 통속적인 내용에 진지함과 희극성이 뒤섞인 드라마 장르를 표방한다. 이러한 이질성에도 불구하고, 이 작품들은 혁명 전후의 프랑스 사회 곳곳의 모순과 부조리를 고발하는 예리함을 보여주고 있다는 점에서 프랑스 혁명 정신을 충실히 재현한 작품들이라 볼 수 있다.

또한 이 3부작은 각기 완결된 독립성을 지니고 있어 이전 작품에 대한 사전 지식 없이도 작품의 내용을 온전히 이해하는 데 전혀 무리가 없으며, 만약 전작에 대한 이해가 갖춰진 상태라면, 알마비바 백작 가문의 일대기를 보다 폭넓게 이해할 수 있는 이점을 가지고 있다. 이러한 독립성은 연작의 집필 기간이 장기화되면서 나타난 특성이기도 하다. 『세비야의 이발사』는 1775년에 발표되었고, 『피가로의 결혼』은 1784년에, 그리고 『죄지은 어머니』는 1792년에 발표되었다. 따라서 작품의 최종본의 완결까지 총 17년이 걸린 셈이다. 흥미롭게도, 장기간의 집필 기간은 작품 속 세월의 흐름과 궤를 같이한다. 최근에 피에르 프란츠Pierre Frantz는 『죄지은 어머니』의 극의 내용을 토대로 나머지 두 극의 시간적 배경을 유추하였는데, 『죄지은 어머니』가 1790년 11월 10일을 배경으로 하고 있고, 『피가로의 결혼』의 배경은 그로부터 20년 전이므로 1770년 3월경이고, 『세비야의 이발사』의 배경은 1765년으로 추정된 다는 것이다. 무려 17년에 걸친 집필 기간으로 작품은 작가의 연극관 및 세계관의 변화를 보여주고, 내용적으로는 한 가문의 25년에 걸친 굴곡진 변전의 세월을 집대성한다.

작품이 담고 있는 흥미로운 주제와 혁신성은 다른 예술 장르 쪽에서 빛을 발한다. 각각의 작품이 유럽의 유수한 작곡가들에 의해 오페라로 만들어져 새롭게 재탄생했기 때문이다. 『세비야의 이발사』는 이탈리아의 작곡가 파이지엘로와 로시니를 비롯한 여러 작곡가들에 의해 오페라로 만들어졌고, 『피가로의 결혼』은 볼프강 모차르트에 의해, 그리고 마지막으로 『죄지은 어머니』는 20세기에 들어와 다리우스 미요에 의해 오페라로 새로운 생명을 누리게 되었다. '피가로 3부작'은 이탈리아, 오스트리아, 프랑스 작곡가들의 손길에서 새로운 생명을 부여받아 오늘날까지 화려한 영광을 이어가고 있는 만큼, 명실 공히 출생지의 국경을 넘어 전 유럽의 작품으로 유럽인들의 감수성과 사회상을 담아내는 대표적인 작품이라 할 수 있겠다.

『피가로의 결혼』의 공연

보마르셰는 『세비야의 이발사』(1775) 이후 바로 『피가로의 결혼』을 집필했다고 주장했으나, 실제로 그가 극단에 대본을 보여준 것은 1781년이었다. 그러나 루이 16세가 이 작품에 대한 혐오감을 노골적으로 피력하며 금지명령을 내리면서 공연에 제동이 걸렸다. 사회의 계급질서와 풍속을 비판하는 도발적이고 불온한 내용을 담고 있다는 것이 그 이유였다. 당시 엄격했던 검열을 통과하기 위해 보마르셰는 이 작품이 프랑스가 아닌 스페인을 배경으로 하고, 스페인 귀족사회의 모습을 그려내고 있다는 명분을 내세웠지만, 내용이 지닌 급진주의적 성향은 검열의 높은 장벽을 넘기에는 역부족이었다. 이후 보마르셰는 호의적인 여론을 조성하기 위해 개인적 인맥을 동원해 사적인 독회모임을 개최하고, 노골적인 체제 비판 부분을 일부 수정하기도 하고, 본인이 직접 재검열을 요청하면서 공연의 길을 열기 위해 백방으로 노력했다. 그리하여 4년여 간의 악전고투 끝에 여섯 번의 검열을 거쳐, 루이 16세와 담판을 지으면서(마리 앙투아네트의 호의에 힘입어) 마침내 1784년 4월 27일에 첫 공연을 성사시켰다. 첫날 공연은 12번의 커튼콜을 받을 정도로 유례없는 성공이었다. 이후 67회에 걸쳐 공연 행렬이 이어졌으며 파리 전역이 들썩거렸다. 세간을 떠들썩하게 만든 공연금지 조처가 오히려 작품에 대한 대중들의 흥미와 호기심을 자극했고, 프랑스 관객들에게 놓쳐서는 안 될 필관 작품으로 인식된 것이다. 초연 이후 이 작품은 전 유럽에서 공연되며 인기를 누렸다.

『피가로의 결혼』의 구조와 주제

이 작품은 총 5막 구조에 92개의 장으로 구성되어 있으며 18세기 스페인을 배경으로 한다. 『세비야의 이발사』가 4막 구조에 42개의 장으로 구성되었던 것에 비추어보면, 스케일 면에서 훨씬 장대해졌고, 그로 인해 줄거리도 한층 복잡한 구조를 띠게 된다. 특히나 등장인물의 등장과 퇴장으로 구획되는 장의 숫자가 이렇게까지 확대되었다는 사실은 극의 전개가 그만큼 가속화되어 박진감 있게 진행된다는 것을 의미한다.

극은 쉬잔과의 결혼 성취를 위한 피가로의 고군분투의 활약을 담아낸다. 전작에서는 백작의 욕망 성취에 바르톨로의 삼엄한 감시가 최대의 걸림돌이자 유일한 장애물이었다면, 이 극에서 피가로의 욕망 성취에는 삼중의 장애물이 가로놓여 있다. 그만큼 결혼을 향한 피가로의 여정은 험난하고 녹록치 않다고 할 수 있다. 가장 큰 장애물은 백작이다. 어느덧 결혼 생활에 지겨워진 백작이 이미 폐지했던 영주의 권리인 초야권을 부활시켜 결혼식 전에 예비신부 쉬잔과 재미를 보려하기 때문이다. 피가로로서는 쉬잔을 향한 끈질긴 백작의 유혹의 손길을 차단하고 그의 엉큼한 속내를 포기시키는 것이 최대 과제이다. 두 번째 장애물은 피가로를 향한 마르슬린의 구애이다. 마르슬린은 예전에 피가로가 자신에게 써줬던 차용증을 내세워 자신과 결혼해야 한다고 주장하며 피가로의 결혼에 제동을 걸고 나선다. 피가로가 현재로서 할 수 있는 것은 백작으로부터 지참금을 받아 마르슬린에게 진 빚을 갚고 그녀에게서 놓여나는 것이다. 세 번째 장애물은 쉬잔의 삼촌이자 정원사인 앙토니오의 결혼 반대이다. 피가로를 조카 사윗감으로 탐탁지 않게 여긴 앙토니오는 혼인 당사자의 결혼 이전에 양친의 결혼이 전제되어야 한다고 주장하며 피가로의 결혼에 반대의사를 표명한다. 첫 번째 장애물이 주인공이 해결해야 할 가장 큰 난제로 맨 마지막에 모든 오해가 풀리고 나서야 비로소 해결된다는 점에서 극 전체를 이끌어가는 주된 동력이라고 한다면, 두 번째 장애물은 보다 부차적인 장애물로, 마르슬린과의 재판 과정에서 피가로가 실은 마르슬린이 젊은 시절 잃어버린 아들이었음이 밝혀지면서 자연스럽게 해결된다. 마르슬린과의 사이에 모자관계가 설정되면서, 마르슬린은 구애자에서 아들을 되찾은 어머니로 자리를 옮겨 쉬잔과의 결혼을 환영한다. 세 번째 장애물은 마르슬린의 설득으로 바르톨로가 그녀와의 결혼을 받아들이면서 양친의 결혼 조건이 충족된다. 아이러니컬하게도 피가로의 장애물들은 피가로의 지략에 의해 해결되는 것이 아니라 제3자의 지략에 의해, 혹은 상황의 진행에 의해 저절로 해결된다.

보마르셰의 작품이 오늘날까지도 끈질긴 생명력을 유지하는 이유는 무엇일까. 그것은 아마도 이 작품이 프랑스 혁명 정신을 온전히 드러내며, 오늘날 사회에서도 첨예하게 문제가 되는 여러 지점들을 매우 예리하게 짚어내고 있기 때문일 것이다. 그가 작품 속에서 문제제기를 하고 있는 것은 크게 보아 네 가지이다. 불평등한 신분제도, 여성에 대한 차별 문제, 불공정한 사법체계, 언론출판에 대한 검열이 그것이다. 이 가운데 가장 노골적으로 조롱과 비판의 대상이 되는 것은 귀족의 습속과 신분제도이다. 보마르셰는 피가로를 통해 귀족들이 누리는 터무니없는 권리와 부당한 처사에 대해 언급한다. 『세비야의 이발사』에서는 비교적 온건하게 은근히 빗대어 표현하는 것으로 그쳤다면, 『피가로의 결혼』에서는 훨씬 더 노골적이고 날카롭게 공격한다. 피가로는 귀족과 하인계급의 차이를 알마비바 백작에게 비꼬듯이 말한다. 백작이 "이곳 하인들은 옷 갈아입는 데 주인보다 시간이 더 걸린다"며 피가로의 느림보 행동을 꾸짖자, 피가로는 사죄는커녕 "그거야 하인들한테는 거들어 줄 몸종이 없으니까요"라고 삐딱하게 되받아치는가하면, 백작이 "로진에게 선물도 주고 잘 돌봐주었는데 그녀가 왜 그런 연극을 했을까"하고 궁금해 하자, "나리가 불성실하니까 그렇지요. 필요한 것은 빼앗고 쓸데없는 것만 주시니 누가 만족합니까"하고 백작의 치부를 콕 집어 지적하며 가시 돋친 빈정거림으로 응수한다. 신분제도의 불합리하고 모순적 현실에 대한 비판이 가장 극렬하게 드러나는 대목은 5막 3장의 피가로의 독백이다. 피가로는 자신의 사랑이 백작에 의해 위협을 받게 되자 그에 대한 원한을 사회

계급 문제와 연관지어 쏟아낸다.

> **피가로**   (…) 난 바보같이! …. 아뇨, 백작님, 당신이 쉬잔을
> 차지하시겠다고요. 어림없죠. 가만히 앉아 당하고만 있지는
> 않을 겁니다. 대 영주랍시고 당신이 뭐 대단한 재능을 가지고
> 있는 줄 아나본데! …. 귀족, 재산, 혈통, 지위, 뭐 이런 것들로
> 기고만장해진 거지! 그런 막대한 재산을 쌓는 데 당신이 무슨
> 노력을 했단 말입니까? 세상에 태어나는 수고야 했겠지만,
> 그 이상은 하나도 한 게 없죠. 되레 평범하기 짝이 없는 위인
> 아닙니까. 반면, 나로 말하면, 젠장! 낯모를 사람들 속에 버려
> 져서 난 오로지 살아남기 위해 갖은 수완과 술수를 부려야
> 했단 말입니다. 백 년 전 스페인 전역을 다스리는 데도 이만한
> 재주가 필요하진 않았을 겁니다. 그런 나랑 한판 붙어 보시겠
> 다…. (5막 3장)

피가로는 귀족들을 타고난 운만 믿고 무위도식하며 나라
와 사회에 전혀 기여하는 바 없이 온갖 특권과 혜택만 누리는
집단으로 상정하며, 그간 품어왔던 귀족을 향한 원망과 적의
를 거침없이 피력한다. 피가로의 사회적 악습에 대한 격렬한
항의는 객석에 있던 무수한 귀족들에게는 모멸적인 불쾌감을
불러일으켰고, 부르주아 관객들에게는 엄청난 열광적 호응을

이끌어냈다. 후일 나폴레옹이 '프랑스 혁명은『피가로의 결혼』에서 이미 진행 중이다'라고 한 것도 바로 군주제와 신분제도의 근간을 송두리째 뒤흔들 만한 보마르셰의 노골적인 공격에 근거한 것이라 볼 수 있다.

두 번째 여성문제의 경우를 살펴보면,『세비야의 이발사』에서는 로진이 남성의 억압에 굴종하지 않고 자유를 갈구하며 사랑을 적극적으로 가꾸어 가려는 면모를 보여준다면,『피가로의 결혼』에서는 마르슬린이 보다 구체적으로 여성의 가정에서의 입지와 사회적 조건에 대한 문제를 제기한다. 피가로의 빚쟁이에서 생모로 입장이 바뀌면서 모성애를 되찾은 마르슬린은 자신의 과거의 억울함을 토로하면서 당대의 남성관을 맹렬히 공격한다. 그녀는 자신과의 사이에 피가로라는 아들을 낳아 놓고도 결혼을 끝까지 거부하는 바르톨로를 향해 여성들이 사회 속에서 겪는 부당함과 멸시에 대해 울분을 터뜨린다.

마르슬린 (흥분하며) 당신네 남자들은 배은망덕 그 이상이에요, 당신들은 당신네 정욕의 노리개들, 희생양들을 능멸하고 치욕에 몸부림치게 만드는 사람들이죠! 우리가 철없던 시절 저지른 실수에 대한 죗값을 치러야 할 사람들은 바로 당신들이라고요. 당신네와 판사님네들이 우리를 심판할 권리가

과연 있을까요? 알면서도 고개 돌리고 우리한테서 당당히
살아갈 수단을 송두리째 앗아간 사람들이 말예요. 곤경에 빠
진 처자들한테 입에 풀칠할 수단이 그거 말고 뭐가 있겠어요?
예전에는 그래도 장신구 만드는 일 정도는 아녀자들 몫이었는
데, 이젠 그마저도 수천 명의 남자 일꾼들이 그 자리를 꿰차고
있는 형편이니 말이에요. (3막 15장)

그녀는 여성들이 인격적 주체로서가 아니라 남성의 노리
개로 살아가고 있다고 주장하면서 여성들의 가정 내 여건
뿐 아니라, 직업의 세계 속에서도 진입장벽에 막혀 생계 해결
도 힘든 경제적 불이익을 당하고 있다고 목소리를 높인다.
이는 여성들이 감내해야 하는 차별과 불평등이 남성들이 자신
들에게만 유리하게 정치, 사회적 체계를 만들어 놓았기 때문
이라는 주장에 다름 아니다. 이어 그녀는, 가부장적 사회 속에
서 남성에 종속되어 살아가는 것은 비단 서민 계층이나 부르주
아 계층에만 국한된 것이 아니고, 귀족층 여성들도 예외가
아니라고 설파한다. 말하자면 여성의 인권은 신분 고하를
막론하고 철저히 외면되고, 무시되고 있다는 것이다. 재산권
행사에 있어서는 미성년자 취급을 하면서 여성이 저지른 과오
에 대해서는 성년 취급을 하는 매우 이중적이고도 부당한
잣대가 지위와 권력을 독점한 남성들에 의해 규범화되었다는

것이다. 이처럼 자신의 처지 한탄에서 시작된 마르슬린의 푸념은 당대의 사회적 체계와 성의식에 대한 불만으로 확대되고, 가정 내부의 불평등에서부터 직업의 세계에서의 불이익까지 언급하면서 여성의 지위에 대한 매우 진지한 담론으로 발전된 면모를 보여준다.

사법제도에 대한 비판은 피가로와 마르슬린의 재판 장면에서 드러난다. 인물 설정에서부터 작가의 의도가 드러나는데, 재판을 진행하는 판사인 브리두와종은 말더듬이에 약간 아둔한 인물로 묘사된다. 판사가 권위와 위엄이 아닌 조롱과 무시의 대상이 된다는 사실은 사법체계에 대한 작가의 풍자의 의도를 여실히 보여준다. 작가 자신이 숱한 소송을 치르며 느꼈던 사법계의 비리의 양상이 상당 부분 작품 속에 투영된 듯하다. 피가로는 법에 대해 "귀하신 분들한테는 한없이 관대하고, 비천한 사람들한테는 한없이 엄격한" 것이라고 규정지으며 변호사라는 직책에 대해서도 다음과 같이 일갈한다. "변호사란 인간들은 엄동설한인데도 땀을 뻘뻘 흘리며 소리나 고래고래 질러대고, 모르는 게 없는 듯 거들먹댈 뿐, 정작 소송인을 무너뜨리는 데는 그다지 관심이 없는 족속들이죠. 방청객들이 지겨워하건 말건, 곯아떨어지건 말건 아랑곳하지 않고요. 마치 자기네들이 키케로의 길작 「무레나 변호문」의 작가라도 되는 양, 한껏 우쭐대기나 하고 말이죠" (3막 15장).

마르슬린 또한 "수석판사가 매수당한 것 같아요, 이어 수석판사가 다른 판사를 매수하고. 소송은 하나마나에요"라고 말하며 뇌물 수수와 공여가 판을 치는 사법계 폐단의 현실을 드러낸다(뇌물공여는 작가 자신의 경험이기도 하다). 이처럼 피가로의 재판 장면은 법관직의 매관 풍속, 변호사들의 거만함과 무성의, 법조인 매수 등 당대 사회 속에서 흔하게 자행되는 사법권의 부패와 비리의 양상을 여과 없이 보여준다.

마지막으로 언론과 출판의 자유의 문제는 피가로의 5막 3장 장광설 속에서 거론된다. 피가로는 사회의 특권 계급만이 독점하고 있는 부의 본질과 화폐의 가치에 대한 글을 썼다가 투옥된 경험을 피력하면서 비판의 자유가 없다면 알랑거리는 찬사밖에 되지 않는다며, 출판에 대한 권력자들의 검열을 비판한다.

피가로 (…) 당시에 부의 본질에 관한 문제가 화두가 되고 있었는데, 가진 사람만 따져 물을 자격이 있으랴 싶어, 무일푼인 주제에 화폐의 가치와 순이익에 대한 글을 휘갈겨 써보았지. 그랬더니 삯마차 안쪽에서 보니 득달같이 요새 같은 성채의 다리가 내 앞으로 철컥철컥 내려오는 게 보이더군. 그러니 어쩌겠나, 그 입구에다가 희망과 자유를 내려놓을밖에. (그는 일어선다.) 굴욕스런 일을 겪다보니 자신감이 조금 꺾이기는 했지만, 하루살이 권력자들이라도 누구든 대면할 수만 있으면 좋을 텐데 말이야. 면전에다 제대로 쏘아붙여 주련만! 인쇄된 글나부랭이들은 궁정에서 말고는 시빗거리도 되지 않는다고, 비판할 자유도 없으면 알랑거리는 찬사에 불과한 거 아니냐고, 자잘한 잡문들을 두려워하는 건 소인배들이나 할 짓이라고 말이야. (5막 3장)

피가로는 권력에 아부하는 글 아니면 어느 것도 허용하지 않고, 관리와 통제를 통해 표현의 자유를 가로막는 당국의 처사에 대한 항의를 표명한다. 보마르셰는 자신의 작품들이 세상에 선보이기까지 겪은 검열의 횡포와 부당함을 작가 피가로에게 투사하여 비판의 촉수를 세운다.

지금까지 살펴본 것처럼 보마르셰는 사회 곳곳의 불의와 부패를 들추어내며 비판의 칼날을 서슴없이 들이댄다. 기득권층에게는 매우 불편한 진실들을 과감하게 폭로하면서 그의 작품들은 시대의 물결에 동참하지 않는 권력층을 향해 강한 울림의 언어로 호소하는 것이다.

등장인물의 성격

『피가로의 결혼』 속의 피가로는 『세비야의 이발사』의 명랑함과 재기를 이어받기는 했지만 전작에서처럼 마냥 유쾌하고 당당한 풍자적 면모나 재치 넘치는 전술을 구사하는 전략가의 모습만을 보여주는 것은 아니다. 훨씬 더 저돌적이고 노골적인 부정의 반항정신을 드러낸다. 백작의 결점이나 행실의 저급함을 조목조목 지적하기도 하고, 공격적인 빈정거림과 도발성으로 신분사회, 연극계, 검열제도, 정치 등에 대한 냉철한 비판을 거침없이 쏟아내기도 하며, 실존과 운명, 행복에 대한 진지한 숙고를 통해 삶을 달관한 철학자의 일면도 보여준다("우리 의지보다 더 막강한 게 하늘의 뜻이라고, 세상만사가 다 그렇잖아. 한편에서 죽어라 일하고 기획하고 정리하는 사람이 있는가 하면, 다른 한편에는 운이 좋아 한 방에 모든 걸 해결하는 사람이 있고. 땅덩어리를 차지하겠다고 정복에 열 올리는 욕심쟁이가 있는가 하면, 개한테 의지해 삶을 편안하게 살아가는 장님도 있고, 모두가 운명의 노리개일 뿐이야." (4막 1장)). 그런데 주목할 점은 『세비야의 이발사』에서처럼 금전적 이득에 관심을 갖기는 하지만 금전만이 그의 행동양식의 잣대는 아니라는 점이다. 이 극에서 피가로를 움직이게 만드는 것은 돈보다도, 쉬잔에 대한 사랑이다. 그는 사랑을 위해 행동하고, 사랑을 위해 해결책을 모색한다.

따라서 피가로와 백작과의 관계에도 상당한 변화가 엿보인다. 『세비야의 이발사』에서는 금전적 이득에 뿌리를 두고 있기는 하지만 피가로가 주인을 위해 갖가지 전략을 구사하고 고군분투하며 전형적인 주인과 하인의 관계를 보여준다면, 『피가로의 결혼』에서는 상호 신뢰에 바탕을 둔 복종과 공모라는 조화로운 관계에 균열이 일어난다. 자신의 약혼녀에 대한 초야권을 행사하기 위해 백작이 계속해서 자신의 결혼에 대해 유보적인 입장을 내비치자, 그는 백작과 첨예한 대립각을 세운다. 전작에서는 백작과 바르톨로가 로진을 사이에 두고 연적 관계를 맺었다면, 이 작품에서는 피가로와 백작이 쉬잔을 사이에 두고 경쟁자가 된다. 다시 말해 피가로는 백작의 사랑 성취에 있어 협조자에서 반대자로 자리를 옮기게 된 것이며, 피가로의 입장에서 보자면, 그의 사랑 성취에 백작이 최대의 걸림돌이 된 것이다. 백작은 피가로와의 관계의 냉랭함을 아쉬워하며, "예전에 자네는 나한테 무엇이든 다 말해주었었는데"(3막 5장)라고 말하며, 과거 피가로와 돈독했던 시절을 그리워한다. 과거에는 백작의 계획을 실현시키기 위해 피가로가 자신의 재능을 발휘했다면, 이제는 백작의 계획을 좌초시키기 위해 아이디어를 짜낸다.

백작의 경우를 살펴보면, 『세비야의 이발사』에서 백작은 로진에게 빠져, 과거의 난봉꾼 생활을 청산하고 오로지 로진의 마음을 얻고, 그녀와의 사랑을 이루기 위해 헌신하는 사랑꾼의 면모를 보여준다면, 『피가로의 결혼』의 백작은 『세비야의 이발사』 이전의 바람둥이 기질을 다시 회복한 것처럼 보인다. 순수 청년에서 특권을 휘두르려는 중년의 호색한으로 바뀐 것이다. 부인에 대한 지조를 저버리는 것으로도 모자라 자신의 욕망을 위해 이미 폐지된 하녀들에 대한 초야권을 다시 내세울 정도로 저열한 면모를 보여주는가 하면, 자신의 성적 욕망에는 충실하면서도, 누군가 부인에게 관심을 두고 있다는 소문을 듣고는, 그리고 셰뤼뱅이 그녀를 연모한다는 사실을 알고는 격렬한 질투심을 불태우는 이기적인 성품을 보여주고, 피가로와 쉬잔에게는 지참금을 미끼로 자신의 권위를 휘두르고 욕망을 충족하려는 치졸한 면모를 드러낸다. 피가로는 마초적인 오만함으로 소유와 지배 욕망에 사로잡힌 그를 향해 "나리는 모든 것을 돈으로 해결하려고 하는 군요"라며 그의 권력 남용에 일침을 가한다. 그는 백작이면서 시장이고, 대법관이자 미래의 런던 주재 대사로, 말하자면 막강한 권력의 정점에 있는 인물이다. 최고의 권위와 위엄을 보여주어야 하는 위치임에도, 과도한 욕망과 질투로 마지막에 홀로 우스꽝스러워지는 것은 그의 몫이다.

백작부인을 살펴보면, 『세비야의 이발사』에서 로진은 매우 주체적이고 독립적인 모습을 보여준다. 자신을 가두고 있는 바르톨로에 대한 적의를 노골적으로 표시하는가 하면 랭도르에게 먼저 쪽지를 건네고 호감을 표시하며 관계를 진전시켜 나가는 것도 그녀이다. 그런데 『피가로의 결혼』에서의 그녀는 처녀시절의 재기발랄하고 당차던 모습은 온데간데없고 남편의 사랑을 잃고 시름에 잠겨 한숨짓는 모습으로 등장한다. "당신의 사랑을 잃고 버림받은 가련한 여인"이라고 스스로를 서글프게 비하하는가 하면, 잃어버린 사랑을 되찾기 위해 자존심도 버린 채 하녀 쉬잔에게 서로 모습을 바꾸어 변장하자고 간곡히 부탁하기도 한다. 그러나 극이 진행되어 가면서, 사회적 신분을 뛰어넘어 쉬잔과 연대하고, 차후에는 마르슬린과도 합심해서 남성들의 악습에 맞서 행동을 주도해 나간다는 점에서 어느 정도는 주도적인 면모를 회복했다고 볼 수 있다. 『세비야의 이발사』에서 『피가로의 결혼』에 이르기까지 일관된 그녀의 성품은 너그러움과 용서이다. 『세비야의 이발사』에서는 로진이 랭도르와의 결합을 막기 위해 자신을 속인 바르톨로를 용서해주자며 알마비바 백작을 설득했다면, 『피가로의 결혼』에서는 자신을 배신하고 지위와 재산을 이용해 성곽 안의 여성들을 유혹한 남편, 알마비바 백작의 치졸함과 뻔뻔스러움을 너그러이 용서한다.

이 작품에서 주요 등장인물들 가운데 새로이 등장한 인물은 쉬잔과 셰뤼뱅, 마르슬린이다. 먼저 피가로의 약혼녀이자 백작부인을 모시는 하녀인 쉬잔은 『세비야의 이발사』의 로진을 연상시킬 정도로 명랑하고 진취적이며 극 중 대부분의 인물들에게 호감을 얻는 인물이다. 『세비야의 이발사』에서 로진이 후견인 바르톨로와 백작 사이의 삼각관계의 주인공이었다면, 이 작품에서는 쉬잔이 피가로와 백작 사이의 삼각관계의 주인공이다. 그만큼 이 극에서 그녀의 비중은 매우 높다. 그녀는 자신의 연적 마르슬린을 향해서 기죽지 않고 당차게 맞설 줄도 알고, 백작의 간교한 유혹을 교묘히 피하는 재치를 발휘할 줄도 알며, 여주인의 잃어버린 사랑 찾기 계획에 공모자로 기꺼이 동참할 줄도 아는, 당당하고, 영리하고, 충성심이 깊은 인물이다. 피가로의 분신이라 여겨질 만큼 피가로 못지 않은 재기와 명랑함을 지니고 있으면서 동시에 남성 등장인물들에 의해(셰뤼뱅과 백작) 백작부인 로진으로 오인을 받는다는 점에서 백작부인과 맞먹는 고상한 품위를 지니고 있다고 볼 수 있다.

　한편 셰뤼뱅은 여성만 보면 뛰는 가슴을 주체하지 못하는 말썽꾸러기 사춘기 소년으로 동 주앙 같은 인물이다. 미소년의 여성성을 품고 있어 보마르셰는 이 역할을 젊고 어여쁜 여성이 맡아야 한다고 지시한다. 백작부인을 연모한다고 공공연히 말하면서도 팡세트와 한 방에 있다가 백작에게 들키는가 하면, 쉬잔에게도 은근히 수작을 걸고, 심지어는 마르슬린에게까지 관심을 드러낸다. 백작부인도 한낱 어린아이라고 치부하면서도 은근히 그와의 만남에 신경을 쓰며 매무새를 다듬고 그의 매력에 어느 정도 끌리는 모습을 보여준다. 백작부인과 셰뤼뱅의 관계는 세 번째 작품인 『죄지은 어머니』에서 줄거리의 중요한 모티프가 된다. 셰뤼뱅은 보마르셰가 창안한 인물들 중 가장 독창적인 인물로 여러 가지 면에서 경계에 있는 인물이다. 아이와 어른의 중간 지대에 있다는 점에서도 그렇거니와 남성이면서 어여쁜 외양의 여성성을 품고 있다는 점에서도 그렇고, 귀족 출신이면서도 백작의 시동 노릇으로 인해 하인들에게 거의 동등한 취급을 받고 있다는 점에서도 그러하다. 이러한 경계적 특성으로 인한 그의 불안정한 실존은 이쪽저쪽 모두에게 위태로운 그림자를 드리운다.

마지막으로 마르슬린은 피가로만큼이나 구구한 사연과 내력을 지닌 인물로 피가로의 결혼에 걸림돌이 되는 인물 가운데 한 명이며 극 중 유일하게 성격 변화를 보여주는 인물이기도 하다. 극의 초반에는 피가로의 채권자이면서 동시에 구애자로 어떻게든 피가로와의 결혼 성사에 투지를 불태우며 쉬잔과 날카로운 대립각을 세웠다면, 재판 과정에서 피가로의 생모임이 밝혀지자 피가로와 쉬잔에게 애정 넘치는 자상함과 온화함을 보여주며, 피가로의 섣부른 오해와 질투를 가라앉히기도 하고 쉬잔의 편에 서서 그녀를 옹호하기도 하며, 아들 부부의 있을지도 모를 갈등을 중재하는 지혜를 발휘하는 등 어머니로서의 역할을 다한다. 또한, 앞서 언급한 것처럼, 그녀는 남성들에게 부당하게 취급받는 여성들의 억압적인 현실과 고통을 고발하고, 남성 중심의 이데올로기에 맞서 항거하며, 이를 위해 여성들끼리의 연대의 필요성을 설파하는 등, 여성 운동의 투사로서의 면모를 보여준다.

오페라 〈피가로의 결혼〉

모차르트의 오페라는 이탈리아 출신의 로렌초 다 폰테의 대본으로 1786년에 발표되었다. 원작 발표 후 불과 2년 만에 오페라로 제작된 것이다. 이미 연극으로 전 유럽에 걸쳐 놀라운 흥행성적을 거두고 있던 보마르셰의 작품에 매료된 모차르트가 다 폰테에게 직접 작품을 가져가 대본작업을 의뢰했다고 전해진다. 6주 만에 이탈리아어로 대본이 완성되자, 모차르트는 오스트리아의 국왕 요제프 2세의 허락을 받아 본격적으로 작곡에 들어간다. 아이러니컬하게도 요제프 2세는 비엔나에서의 보마르셰의 원작 공연에는 금지 명령을 내렸지만, 모차르트의 오페라 제작은 흔쾌히 승낙해주었다. 그 이유는 원작이 가지고 있는 도발적인 정치적 함의가 다 폰테의 대본에서 상당부분 제거되었기 때문이다.

전체 구성의 변화를 보면, 보마르셰의 원작이 5막 구조로 되어 있는 데 반해, 모차르트의 오페라는 4막으로 구성되어 있다. 보마르셰의 1막과 2막을 모차르트도 동일하게 1막과 2막에 배치하였고, 보마르셰의 3막 전체와 4막 13장 까지를

3막으로 압축시키고, 4막 나머지 장들과 5막을 4막으로 압축하여 구성하였다. 원작 자체의 복잡다단한 줄거리와 많은 수의 등장인물들로 인해 오페라로의 이식이 사실상 쉬운 작업이 아니었음에도 다 폰테의 대본은 매우 원작에 충실하면서도 다소 극의 흐름이 느슨해지는 5막을 4막에 이어붙이면서 보다 긴밀하고 짜임새 있는 구성을 보여준다.

　등장인물부터 살펴보면, 로시니의 <세비야의 이발사>에서는 등장인물의 이름들이 이태리어식 표기로 바뀐 것 이외에 이렇다 할 변화가 없는데 반해 모차르트는 보마르셰의 조연급 인물들의 이름을 상당부분 수정했다. 셰뤼뱅은 케루비노로, 판사 역할을 하는 돈 구스만 브리두아종은 돈 쿠르치오로, 정원사의 딸 팡셰트는 바르바리나로 개명했다. 등장인물의 숫자로 보면, 보마르셰의 작품에서는 서민계급의 집단 출현을 제외하고, 열여섯 명의 인물들이 출현한다면, 모차르트는 다소 극 중 비중이 작은 인물들을 배제하고 열한 명으로 축소하였다. 이러한 등장인물의 축소는 보마르셰의 원작의 복잡한 구성을 다소 간결하게 만들려는 의지에 따른 것으로 보인다.

　등장인물들의 성격상의 변화를 살펴보면, 거의 대부분의 인물들이 보마르셰의 인물들과 유사한 성격상의 특징을 보여주나, 몇몇 인물의 경우는 다소 변화된 면모를 드러내기도 한다.

로지나는 보마르셰의 로진보다도 훨씬 덜 주체적이고 나약한 인물로 그려진다. 남편의 사랑에 모든 것을 거는 18세기 후반 규방의 부인의 모습을 띠고 있다. 그녀는 2막 1장에서 처음 모습을 드러내자마자 '사랑의 신이여, 제게 위로를 주소서Porgi, amor qualche ristoro'라는 제목의 아리아를 통해, 떠나간 사랑을 애달아하며, 사랑이 아니면 죽음을 달라고 탄식하는가 하면, '좋았던 시절은 어디로 갔나Dove sono I bei momenti?'에서도 예전의 행복했던 순간을 그리워하며 무기력하게 백작의 회심만을 소망하는 자기 동정과 연민에 빠져 있는 모습을 보여준다. 그녀의 성격이나 상황을 나타내는 단독 아리아 두 곡 모두 대부분 처지에 대한 슬픔의 넋두리이거나 도움의 요청을 내용으로 한다. 성부에 있어서도 차이가 있는데, <세비야의 이발사>에서는 로지나 역을 메조 소프라노가 맡았다면, <피가로의 결혼>에서는 소프라노가 담당한다. 이러한 성부의 차이는 성격의 차이를 반영하는 것으로 해석할 수 있을 듯하다. 로시니의 오페라에서 로지나는 독립적이고 주체적인 인물로서 다소 힘 있는 메조 소프라노가 적합했다면, 모차르트의 로지나는 시름에 젖어 하녀에게 의존하는 인물로 애처로움을 표현하기에 더 유리한 소프라노가 적합할 수 있기 때문이다(제작 발표순으로 보자면 모차르트의 작품이 먼저 발표되었으므로 성부의 변화는 오히려 로시니가 주도한 것으로 봐야

할 것이다).

　로지나를 대신하여 오히려 전작인 <세비야의 이발사>에서처럼 독립적이고 주체적인 면모를 보여주는 인물은 로지나의 하녀인 수잔나이다. 수잔나의 극 중 비중은 그녀의 단독 아리아 가창에서도 드러나는데 로지나와 마찬가지로 2번에 걸쳐 단독 아리아를 펼쳐 보이기 때문이다. 보마르셰의 쉬잔에 비해서도 모차르트의 수잔나는 훨씬 더 대담하고 자신의 감정에 솔직하며, 연인인 피가로에게도 당당히 자기주장을 펼치는 인물로 그려진다. 극의 초반 자신의 연적인 마르첼리나에게도 보마르셰에게서보다 훨씬 더 가차 없는 독설을 퍼부으며 날 선 독기를 드러낸다. 한편 그녀가 로지나와 부르는 편지의 2중창 '산들바람에 띄우는'의 아름다운 선율과 하모니는 여성들의 공모와 연대의 상황을 매우 서정적으로 그려낸다.

　한편, 보마르셰의 마르슬린이 여성해방가다운 면모를 보이며 여자들의 비참하고도 부당한 처지에 대한 해묵은 원한을 거침없이 쏟아내는 과감함을 보여주었다면, 모차르트의 마르첼리나는 모성애를 회복하고 난 후, 이전까지의 이기적인 면모를 버리고 남성중심사회에 대한 신랄한 공격보다는 오히려 여성들이 연대에 대한 찬양에 몰두한다. 마르슬린의 성격에서 다소 과격한 부분이 제거되면서, 원작에서의 투사적인 이미지는 배제되고 여성들의 후원자로서의 모습이 부각된다.

보마르셰의 작품에서 세뤼뱅이었던 케루비노는 모차르트 오페라에서 훨씬 더 비중 있게 다루어진다. 그는 "언제나 있지 말아야 할 곳에 나타나는 인물로 2막 전체가 그를 중심으로 구성된다"는 슬라보예 지젝의 주장처럼(『오페라의 두 번째 죽음』) 작품 내부에 갈등을 불러일으키고 행동을 촉발시키는 인물이다. 주목할 점은 모차르트가 케루비노에게 남성 성부가 아닌 여성 성부인 메조 소프라노를 부여했다는 점이다. 이러한 '바지 역할'(오페라에서 소년 혹은 청소년의 역할을 여성이 연기하는 것을 일컬음)의 설정은 보마르셰의 역할 배정을 그대로 따른 것이기도 한데 (그는 아리따운 여성이 이 역할을 맡아야 한다고 무대지시에서 언급한 바 있다) 그가 유년과 성년의 문턱에 있음을 의미하기도 하고, 또 한편으로 그의 남성성과 여성성 사이의 경계적 특성을 함의하기도 한다. 그는 알마비바 백작이나 백작부인과 마찬가지로 두 편의 아리아를 부르는데, 첫 번째 아리아는 사랑에 빠진 애송이의 감정을 노래한다면, 두 번째 아리아인 백작부인에게 헌사하는 '사랑의 괴로움을 그대는 아나Voi che sapete che cosa e amor'에서는 사랑에 빠진 자의 불꽃같은 열정과 심정을 노래한다. 이 대목은 모차르트의 창작 부분이 아니고 이미 보마르셰의 텍스트에서 제시되고 있는 연가로, 다 폰테는 원작의 가사와는 다른 내용을 삽입하여 보마르셰의 가사보다 훨씬 더 극적 맥락에 설득력을 강화한다. 케루비노의 두 편의 아리아는 모두 관능적 사랑에의 도취와 열망을 드러낸다.

이어 줄거리 차원의 변화를 살펴보면, 우선 원작에서의 마르슬린와 피가로의 재판 장면이 상당부분 축소되었다. 원작에서 상당히 세세하게 다루어졌던 당대 재판관직을 사고파는 사법계의 부조리, 증서의 문구상의 오류로 인한 실랑이 등의 대목은 삭제되고, 단순히 백작에 의해 '오늘 중으로 돈을 갚지 않으면 마르첼리나와 결혼할 것'이라는 최종 심판이 내려지는 것으로 재현된다. 이러한 축소의 양상은 모든 갈등과 오해의 상황이 영주의 말 한 마디로 결정되고 정리되는 당대 귀족의 압도적인 위력과 힘을 강조하는 효과를 발휘한다.

보마르셰의 작품에서는 바질이 끈덕지게 마르슬린에게 구혼하고 바르톨로는 피가로의 존재가 밝혀졌음에도 마르슬린와의 결혼을 거부했다면, 모차르트의 오페라에서는 바르톨로가 피가로가 자신의 아들임이 밝혀지자 곧바로 자신의 아들임을 인정하고, 마르첼리나와의 결혼을 받아들인다. 모차르트의 오페라는 피가로와 수잔나, 마르첼리나와 바르톨로, 알마비바 백작과 백작부인을 비롯한 모든 커플들의 사랑의 완성을 무대화한다. 이는 모차르트의 오페라가 보마르셰의 원작보다 훨씬 더 전통적인 희극의 도식에 충실함을 증명한다고 볼 수 있다.

　　무엇보다 오페라가 보마르셰의 원작과 차별화되는 부분은, 3막 17장의 마르슬린의 탄식의 장면과 3막 5장의 백작과 피가로 사이의 갈등의 장면, 5막 3장의 피가로의 독백, 5막 7장의 백작의 뻔뻔스런 가부장적 대사 장면이 생략되었다는 점이다. 이 부분은 여성에 대한 사회 차별적인 통념, 신분제도의 불합리성, 자수성가한 피가로의 인생 역정, 지조 없는 여성들에 대한 탄식, 여성을 남성의 노리개로 인식하는 백작의 파렴치한 사고 등이 담겨 있는 대목으로 18세기 후반의 격변하는 사회상을 압축적으로 보여주며 이 작품의 이데올로기를 가장 극명하게 드러내주는 지점이다. 모차르트는 풍자와 희화화의 기능을 다소 희석시키면서 앞서 언급한 것처럼 요제프 2세의 검열의 위험을 피해감과 동시에 공연시 불러올 수 있는 사회적 파문을 비켜가고자 논란이 될 만한 대목들을 삭제한 것이다. 그러나 신랄한 비난과 공격의 대사들이 거의 대부분 삭제되었음에도 불구하고, 상황 자체가 가지고 있는 전복성, 다시 말해, 알마비바가 대표하는 주인계급에 대한 피가로가 대변하는 하인계급의 승리, 그리고 알마비바와 피가로가 대변하는 남성에 대한 로지나와 수잔느가 대변하는 여성의 승리의 플롯은 시대를 앞서 나가는 전복적 사유의 결과로 당대 사회에 상당한 반향을 불러일으키기에 충분했다.

모차르트 오페라에서 또 한 가지 주목할 점은 주인계급과 하인계급에 동일한 성부가 배정되었다는 점이다. 모차르트는 백작과 피가로를 똑같이 바리톤으로 설정하고, 백작부인과 수잔나를 소프라노로 설정했다. 이 부분은 로시니의 오페라와 차별화되는 지점이기도 하다. 로시니는 알마비바 백작을 테너로, 피가로를 바리톤으로 배정하여 귀족과 하인의 성부상의 차이를 통해 성격적 특징과 신분의 차이를 보여주고 있다면, 모차르트는 귀족과 하인에게 동일한 성부를 배정함으로써 이들의 평등성과 동등한 위상을 표현하고자 한 것이다. 성부의 동일성이 자칫 관객들에게 인물에 대한 혼동을 초래할 수도 있음에도 모차르트는 오히려 이러한 위험을 전략으로 내세워 극 속에 이데올로기적 장치를 심어놓은 것으로 보인다.

마지막으로 희극성의 차원에서 보자면, 모차르트의 오페라가 로시니의 오페라보다는 다소 그 강도가 약하다고 볼 수 있다. 이는 애초에 원작이 품고 있는 주제의 도발적인 저항정신을 감안해 볼 때, 당연한 결과라 할 수 있다. 보마르셰의 희곡 자체만 보더라도 『세비아의 이발사』가 『피가로의 결혼』보다 많은 위트와 유머를 곳곳에 내장하고 있을 뿐더러, 로시니가 주로 희극성에 초점을 맞추어 극을 진행하고 있나면, 모차르트는 원작이 품고 있는 비판과 저항정신에 어느 정도 부합하기 위해 유머와 풍자 못지않게 고상함과 진지함에도 일정 정도 무게를 두고 있기 때문이다.

두 말할 것도 없이 오페라 <피가로의 결혼>은 세계에서 가장 빈번히 무대에 오르는 작품 가운데 하나이다. 음악적 선율의 아름다움과 극적 재미, 오페라 형식의 집대성 그리고 주제가 품고 있는 폭넓은 외연이 오늘날 최고의 오페라로 군림하게 한 것이다. 오페라가 누리는 명성이 보다 광대하고 심원한 원작에 대한 독서로 이어지기를 기대하며 번역을 마친다.